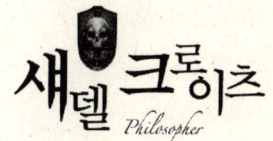

새델 크롱이츠
Philosopher

섀델 크로이츠 2부—필라소퍼 5

초판 1쇄 찍은 날 2008년 12월 17일
초판 1쇄 펴낸 날 2008년 12월 22일

지은이 | 이경영
펴낸이 | 서경석

편집장 | 문혜영
책임편집 | 최하나
편집 | 정서진, 유경화

펴낸곳 | 도서출판 청어람
등록번호 | 제1081-1-89호
등록일자 | 1999. 5. 31
어람번호 | 제1-1016호

주소 | 경기도 부천시 원미구 심곡동 163-2 서경B/D 3F (우) 420-010
전화 | 032-656-4452   팩스 | 032-656-4453
http://www.chungeoram.com
E-mail | eoram99@chollian.net

ⓒ 이경영, 2008

ISBN 978-89-251-1617-4 04810
ISBN 978-89-251-1477-4 (SET)

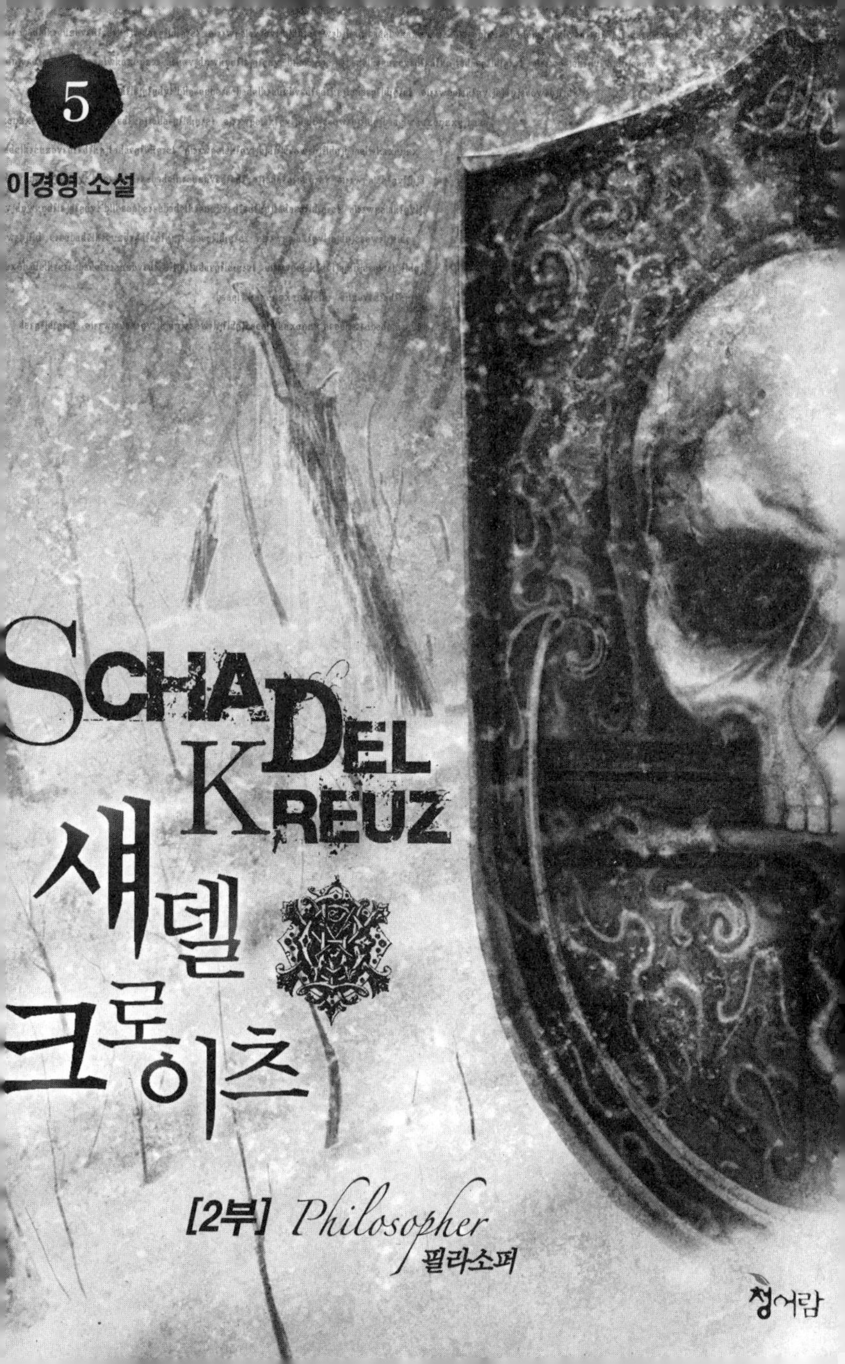
5
이경영 소설
SCHADEL KREUZ
새델 크로이츠
[2부] Philosopher
필라소퍼
청어람

SCHÄDEL KREUZ

Philosopher
필라소퍼

CONTENTS

Chapter 16 검은색의 빈자리

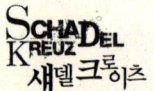

SCHÄDEL DEL
KREUZ
새델크로이츠

아이젠발트를 떠난 지 5일째 되던 날 아침.

아침식사 당번들은 모닥불을 피우고 그릇과 냄비 등을 정리하느라 분주했다. 그날의 아침 당번은 슈이와 알렌이었고 리벨은 모든 식사에 대한 책임자로서 그들과 함께 했다.

떠나는 날 새벽에 거의 납치되듯 일행에 포함된 알렌 블랑코는 마차 화물칸에서 내린 음식 재료들을 보며 고민했다. 갈색 피부에 키가 크고 체구가 좋은 그녀였지만 선홍색의 동그란 쇼트 컷 아래로 보이는 얼굴만은 스물넷이라는 그녀의 나이에 걸맞게 귀여움이 물씬 배어 나왔다.

그녀는 자신의 옆에서 혼자 팔짱을 끼고 고민하는 청년, 리벨을 봤다. 흰색 수건으로 두건을 만들어 쓴 그 미남은 뭐라 질문하기가 미안할 정도로 진지한 표정이었다.

알렌은 자신보다 키가 작은 그를 멀뚱히 바라보다가 입을 열었다.

"뭘 만들까?"

"일단 송이버섯 수프."

버섯이란 말에 알렌이 손을 좌우로 저었다.

"안 돼. 슈이가 버섯을 싫어하잖아."

"하지만 난 지난 나흘간 버섯 구경을 못했어."

"에이, 그 마음은 알지만 하루만 더 참아."

알렌이 설득을 위해 웃음을 곁들였다. 하지만 리벨의 눈빛은 심각했다.

"슈이에게 버섯만 건져서 버리라고 하면 되잖아? 그건 사람 급소에 바늘을 던져 꽂아 넣는 것보다 덜 정교한 작업이라고!"

"어렵게 굴지 마. 슈이는 버섯 조각을 싫어하는 게 아니라 버섯 맛 자체를 싫어한단 말이야. 건져 낸다고 될 일이야, 그게?"

"그래도 난 오늘 송이버섯 수프를 먹어야겠어. 내 결심은 흔들리지 않을 거야."

"아, 정말…… 고집은 키르히보다 더 세다니까?"

알렌이 실소를 지으며 비아냥거리자 리벨의 안색이 확 바뀌었다.

"작금의 발언, 인간으로서 도저히 참을 수 없군. 날 키르히 같은 인간과 비교하는 행위는 절대 용납할 수 없어!"

흥분하면 어려운 말을 쓰는 그의 버릇을 잘 아는 알렌은 미안하다는 투로 고개를 연신 끄덕거렸다.

잠시 후 슈이가 빠른 걸음으로 그들에게 다가왔다. 물을 끓이며 메뉴와 재료가 결정되길 하염없이 기다린 끝에 나온 행동이었다.

그녀는 독사처럼 길게 찢진 눈으로 방금 전까지 말다툼을 한 둘을 보며 말했다.

"어서 결정해 줘. 물이 전부 파울로 아저씨로 변해 버릴 거야."

"파울로 아저씨?"

알렌이 되묻자 슈이는 무표정한 얼굴로 머뭇거렸다.

"물이 끓으면 증기가 되고, 증기는 나중에 구름이 된대. 구름은 하얗고 두루뭉술한 게 꼭 후덕한 아저씨 같잖아."

매우 동화적인 해석이었다. 그녀는 그런 말을 독사 같은 표정으로 읊고 있었다. 유치함을 싫어하는 리벨은 들은 척도 하지 않았고 알렌은 뒷머리를 긁적이며 당황해했다.

"그래서, 그 파울로라는 사람이 구름처럼 후덕하다고?"

"응. 우리 집 옆에서 빵 가게를 하셔. 바게트 빵이 특기야."

"음……."

이야기가 가지 말아야 할 곳으로 가버렸다는 사실을 깨달은 알렌은 수습할 겸 서둘러 질문했다.

"아무튼, 송이버섯 수프 먹을래?"

슈이는 고개를 좌우로 두 번 저었다. 답이 뻔한 질문이었기에 알렌은 그리 기분 나빠하지 않았다.

"하하, 버섯 조각만 건져 내서 먹으면 되잖아?"

알렌이 설득했으나 슈이는 고개를 세 번 젓는 것으로 자신의 의지를 분명히 나타냈다. 알렌은 결국 손으로 이마를 감싸고 말았다.

"아, 이거 난감하네."

실랑이가 계속된 끝에 굶주림을 참지 못한 키르히가 그들에게 다가왔다.

"어이, 물만 끓여대면 어떡해? 식사 좀 하잔 말이야!"

알렌이 피곤한 얼굴을 그에게 돌렸다.

"아, 미안. 아직 메뉴를 결정하지 못했어."

"아직도? 장난해? 내가 저 멀리 떨어진 샘터에서 물을 길어온 지 한 시간이 넘었다고! 애들 쫄쫄 굶는 거 안 보여?"

알렌은 키르히의 어깨 너머로 시선을 돌렸다. 물이 끓는 모닥불 옆엔 네벨과 니콜라, 카샤가 나란히 앉아 있었다. 네벨과 니콜라는 조용했지만 카샤는 허기짐을 견디다 못해 정체를 알 수 없는 커다란 풀뿌리를 질겅질겅 씹고 있었다.

당번들이 아무 말 없자 결국 키르히의 불만이 폭발했다.

"오늘까지 이러면 어쩌자는 거야? 5일 연속으로 뭐 먹을지 결정을 못해서 일정이 늘어지는 게 말이 돼? 우리가 무슨 관광 다니는 줄 알아? 이건 임무라고, 임무!"

그러자 일행 중에서 가장 긍정적인 성격인 알렌도 인내심의 한계를 드러냈다.

"그럼 키르히 오빠가 당번을 하란 말이야! 오빠가 나서서 그 빌어먹을 버섯으로 수프를 만들지, 아니면 구워서 먹을지 결정하라고!"

가만히 식재료를 보던 리벨이 대뜸 나섰다.

"키르히 펙터, 넌 아직도 타인에 대한 배려심이 부족하군."

알렌과 눈싸움을 하던 키르히는 밀려 올라오는 짜증에

눈을 질끈 감았다.

"넌 또 왜 시빈데?"

"시비가 아니라 네 부적절한 태도에 대한 지적이지."

"아, 그럼 당번답게 적절히 요리나 만드시는 게 어때?"

크로이츠 멤버 중에서 가장 사이가 나쁜 둘은 오늘도 어김없이 눈싸움을 벌였다. 슈이는 둘 사이에 손을 넣어 말없이 말렸고 알렌은 될 대로 되라는 듯 고개를 돌려 버리고 말았다.

그 상황은 현재의 리더가 등장하면서 일단락됐다.

"지금 이게 무슨 꼴이지?"

한순간 찬바람이 키르히와 리벨의 사이를 지나 알렌의 등골을 냉각시켰다. 냉풍의 근원지인 프란츠는 연보라색의 차가운 눈동자로 모두를 훑어본 뒤 마지막으로 키르히를 주시했다.

"꼬마들을 관리하라고 했더니 여기서 양아치 짓을 하나?"

키르히는 본능적으로 기겁하여 뒤로 물러났다.

"난 잘못없어! 이것들이 아무 짓도 안 해서 따지러 온 것뿐이라고! 진짜야!"

프란츠의 눈이 직급상 이 자리에서 제일 높은 리벨에게 옮겨갔다.

"그럼 넌?"

"메뉴에 대해 논의하고 있었습니다."

체면을 중시하는 성격인 리벨은 최대한 표정을 유지하고 대답했지만 목소리는 심각하게 떨리고 있었다. 프란츠에게 겁을 먹는 것은 오직 키르히만의 문제가 아니었다.

"메뉴?"

기가 차다는 듯 코웃음을 친 프란츠는 오른손 검지로 리벨의 가슴팍을 수차례 찍어 밀었다.

"대강 논의해서 대강 차리라고 분명히 얘기했는데 왜 그런 얼빠진 짓을 하고 있는 거지? 파렌이 일정을 늦추라고 널 식사 담당에 앉혔나?"

리벨은 차려 자세를 유지하기 위해 노력할 뿐, 그녀의 지적에 대해 아무 말도 하지 못했다.

슈이가 프란츠의 팔을 붙잡았다.

"그만 해, 언니. 나 때문이야."

프란츠가 동작을 멈췄다.

"네가 왜?"

"버섯이 싫어서……."

"버섯?"

프란츠는 무슨 소리냐는 얼굴로 알렌을 봤다. 알렌은 애매한 미소를 지은 채 대답했다.

"쟤 아직 버섯 못 먹거든."

말문이 막힌 프란츠는 양손을 허리에 댄 채 한숨을 내리쉬었다.

결국 그날의 아침식사는 프란츠에 의해 쇠고기 수프와 빵으로 결정되었다.

일행은 평상시대로 모닥불 주위에 빙 둘러앉아 식사를 했다. 앉은 위치는 똑같았지만 그 분위기는 카샤는 물론이고 손님 입장으로 참여한 데보라조차도 말을 못 꺼낼 만큼 무거웠다.

먼저 식사를 끝낸 프란츠는 접시를 땅에 내려놓았다. 그 소리에 키르히를 포함한 크로이츠 멤버 전원이 바짝 긴장했다.

네벨은 파렌이 있을 때와 전혀 다른 그들의 분위기에 새삼 놀랐다.

'얼음동굴 속에 있는 것 같아.'

소녀는 식어가는 빵의 끝을 앞니로 깨작거렸다.

이윽고, 프란츠가 입을 열었다.

"너희들, 파렌과 함께 다닐 때도 이랬나?"

그녀가 칭한 '너희들'의 범위에는 크로이츠 멤버들만이 들어 있었다. 그녀와 말을 편하게 할 수 있는 유일한 인물인 테르나는 말리는 듯한 투로 대답했다.

"너무 그렇게 압박하지 마, 프란츠. 다들 취향이 다르잖아?"

"정말 계속 이래 왔단 말인가?"

그녀가 쏘아붙이자 테르나가 한발 후퇴했다.

"그건 아니지."

"그럼 평소엔 어땠는데?"

"파렌이 정해줬어."

프란츠는 혹시나 하는 마음에 물었다.

"……메뉴를?"

"응."

"전부? 매 끼니마다?"

"그랬나? 아마 그랬…… 지?"

테르나는 도중에 말을 흐리며 키르히를 봤다. 키르히
는 프란츠가 자신을 볼까 두려워 알렌에게 질문을 넘겼
고 알렌은 뻣뻣한 자세로 아주 천천히 고개를 끄덕거렸
다.

프란츠는 어이가 없다는 듯 눈을 감고 얼굴을 구겼다.

"너희들, 파렌이 없으면 밥도 제대로 못 챙겨먹는 얼간
이들이었나?"

대답도, 항의도, 변명도 없었다. 면목이 없어서가 아니
라 단 한 번도 문제라고 생각지 못했던 일이 이처럼 어이
없는 상황으로 이어진 현실에 대한 놀라움 때문이었다.

중요도가 떨어지는 일에 얽매이는 성격이 아닌 프란츠
는 복잡한 마음을 털어내고 오늘의 일정을 말했다.

"본론으로 들어가지. 다들 알다시피 이곳에서 두 시간 정도 이동하면 '은색 무지개의 숲'이라는 곳이 나오게 될 거야. 원래는 어제 방문해야 했지만, 식사 메뉴 결정이라는 사소한 문제로 늦어졌지."

책임자인 리벨의 시선이 땅으로 떨어졌다.

프란츠의 이야기가 계속됐다.

"그곳은 이 지역을 주관하는 그랜드 마더가 사는 곳이고, 신성교단을 비롯한 어떤 위험이 도사리고 있을지 모르니 마음 단단히 먹도록 해."

"예."

각자의 대답이 모닥불을 향해 모여들었다.

만족스럽게 배를 채우지 못한 카샤는 오늘 허락된 말린 고기를 손에 들고 마차 지붕으로 올라갔다. 일정상, 그리고 작전 지역의 형편상 고기를 구하기 힘든 만큼 그녀는 하루에 먹을 수 있는 고기의 양을 제한받았다.

강제적인 제한이 아니라 약속이었지만 카샤는 파렌이 있었다면 어떻게든 해줬을 것이라고 불만을 가졌다. 하나 고작 먹는 것으로 프란츠를 귀찮게 하고 싶진 않았기에 묵묵히 그 약속을 이행했다.

지붕 위엔 일찌감치 식사를 마친 파우샤가 옆으로 누운 채 곰방대를 물고 있었다. 고향에서 식사 후 즐겼던 여유를 자연석이 아닌 마차 지붕에서 즐기고 있는 것이다. 그녀는 자신의 옆으로 기어오는 딸의 모습을 보고 밝게 웃었다.

"배가 고픈 얼굴이로구나."

"괜찮아. 모두 고생하는걸."

그러나 그녀의 뱃속에선 꼬르륵 하는 소리가 맑게 울렸다.

"후후, 기특하구나. 하지만 조금만 참아보아라."

파우샤는 입에 문 곰방대를 손에 옮겨 들고는 곰방대의 끝으로 서쪽을 가리켰다. 높이가 낮은 바위산들 사이로 짙다 못해 녹색이 아닌 검은색으로 보이는 숲이 어렴풋이 보였다.

"저기 보이는 숲에서 대단한 힘이 느껴지는구나. 우리가 살던 곳 이상으로 많은 짐승들이 저곳에서 번성하고 있을 게다. 몇 마리를 잡아 실컷 먹자꾸나."

고기다운 고기를 오래간만에 먹을 수 있다는 생각에 카샤의 굶주림이 더욱 심해졌다.

"음…… 그런데 엄마, 그랜드 마더인가 뭔가 하는 마녀 말이야. 우리에게 협력해 줄까?"

"신경 쓰이느냐?"

"조금."

파우샤는 곰방대를 다시 물고 딸의 더벅머리를 매만져 주었다.

"우리와 같은 외부인이 신경 쓴다고 해결될 문제가 아니란다. 이 일은 저들에게 달렸지."

파우샤는 모닥불 앞에 나란히 앉아 이야기를 나누는 네벨과 데보라를 눈짓으로 가리켰다.

"아무튼 잘될 거다. 좀 귀찮은 일도 있겠지만 말이야."

"귀찮은 일?"

말린 고기를 썹던 카샤의 꼬리가 궁금함에 들썩거렸다.

마치 화장한 듯 진한 분홍색을 띤 파우샤의 입술에서 링 모양의 동그란 연기가 나왔다.

"저 숲에 마녀들이 있다는 이야기를 전해준 마녀 말이다."

카샤는 이틀 전에 한 마을에서 만난 마녀를 떠올렸다.

"응, 그 마녀가 왜?"

지난 5일간 일행은 지나쳐 오는 도시마다 네벨과 데보라의 도움으로 마녀들을 수색했다. 그리고 이틀 전, 일행은 한 작은 마을에서 엉터리 점술사 행세를 하고 있는 늙은 마녀를 만났다. 처음에 일행을 경계했던 그 마녀는 네벨과 데보라의 설득 끝에 이 지역의 그랜드 마더가 살고 있는 장소를 가르쳐 주었다.

파우샤는 당시의 기억을 바탕으로 이야기를 계속했다.

"정확히 말하진 않았지만 우리를 대단히 경계했지. 이상하지 않느냐? 우린 모두 평범하게 생겼는데 말이다."

그건 좀 아니라고 생각했는지 카샤는 말없이 자신의 콧등을 긁었다.

파우샤의 이야기가 계속됐다.

"그 마녀도 나처럼 불명확한 불길함을 본능적으로 느낀 것일 테지. 십중팔구 신성교단과 관련이 있을 게다. 모두가 각오를 단단히 해야 할 게야."

"음…… 파렌이 있었으면 좀 나았을까?"

딸의 발언에 파우샤는 옥색 눈동자를 빛내며 씩 웃었다.

"너도 저들처럼 특무상사를 의지하게 됐구나."

"의지할 수밖에 없잖아."

마차 지붕에 엎드린 카샤는 수영을 하듯 다리를 번갈아 흔들었다. 그 동작에 맞춰 꼬리가 좌우로 흔들거렸다.

"처음 만났을 때는 그냥 보통이 아닌 인간으로 보였는데, 같이 지내다 보니 어쩌면 이 세상에 둘도 없는 인재라는 생각이 들더라고. 그 임기응변과 통찰력은 정말 이해가 안 될 정도지. 심장이랑 뇌의 재질이 의심스러울 정도야. 파렌은 날 만난 게 행운이라고 자주 말하는데, 내가 보기엔 오히려 내가 행운아인 것 같아."

"호오, 그러냐?"

파우샤는 껄껄 웃으며 딸의 머리를 쓰다듬었다.

"우리 딸이 시집갈 때가 다 됐구나."

"무, 무슨……!"

"하하, 농담이란다. 그래, 네 말대로 특무상사는 정말 대단한 인재지. 키르히를 비롯한 저 젊은이들이 특무상사가 없다는 이유로 바보가 됐지 않느냐? 하지만 명심해라. 그를 믿는 건 좋지만 그를 너무 가까이하진 말아라."

모친의 목소리가 마지막 부분에서 진지해지자 카샤는 상당히 의아해했다.

"어째서?"

"인간은 그 표정만큼이나 다양한 면모를 가진 존재란다. 그런데 극히 일부의 인간들은 다른 인간들이 당연시하는 부분을 결여시키는 대신 어떤 한 부분을 극도로 강조할 때가 있지. 특무상사의 경우가 그렇단다. 일반적인 병법가는 지혜로 다른 사람들을 감탄시키지만, 그는 같은 편마저 섬뜩하게 만들 때가 있지. 그의 그런 면이 너를 실망에 빠뜨릴지도 모른단다."

"아……."

모친이 말한 섬뜩함을 몇 번이나 경험했던 카샤는 입을 벌린 채 더 이상 말을 하지 못했다.

파우샤는 굳어버린 딸을 다독거렸다.

"그렇다고 너무 진지하게 생각지 말아라. 너와 특무상

사가 서로를 좋은 친구로 생각하는 것만은 변하지 않을 테니까. 네가 그를 끝까지 믿는다면 말이지."

"응, 엄마."

카샤는 특별한 질문 없이 간단히 답하여 이야기를 마쳤다. 그녀는 수수께끼와 같은 파우샤의 말버릇에 익숙해질 대로 익숙해져 있었다. 그리고 이번에도 모친의 이야기에 대한 해답을 스스로 깨우치겠다며 다짐하고 있었다.

파우샤가 말한 '귀찮은 일'의 조짐은 일행이 자리를 뜬 지 1시간 반이 지나면서 드러났다.

숲으로 들어가는 길은 없었지만 마차가 통과할 만큼의 공간은 존재했다. 그 거대한 숲은 잎이 회색빛을 띠는 특별한 소나무가 대다수여서 멀리서 보면 어떤 거대한 존재가 곱게 갈아 으깬 은을 골고루 뿌린 것처럼 보였다.

그러나 그런 동화 같은 분위기는 숲에 들어서자마자 사라졌다. 카샤의 예민한 코가 불쾌한 냄새를 감지한 것이다.

"인간의 피 냄새다."

선두 마차의 지붕에 올라간 카샤가 진중한 얼굴로 말하자 그에 뒤질세라 마부석에 키르히, 프란츠와 함께 앉아 있던 니콜라가 이어서 말했다.

"다수의 기척이 숲 안쪽에서 움직이고 있군요. 방해 요소가 많아서 위치와 수를 명확히 구분하기 힘들어요. 주의하세요, 주인님."

선두 마차의 고삐를 잡고 있던 키르히는 옆에 앉은 프란츠를 돌아봤다. 마치 여왕처럼 팔짱을 낀 채 다리를 꼬고 있던 프란츠는 손을 들어 정지 신호를 보냈다.

두 대의 마차가 멈추고 일행들이 일제히 하차했다. 크로이츠 멤버들은 각자의 장비를 챙긴 채 땅을 밟았지만 아무것도 느끼지 못한 네벨과 데보라는 어리둥절한 표정이었다.

"무슨 일인가요, 미스 파브레힐트?"

데보라가 긴 금발을 흩날리며 프란츠에게 다가갔다. 기계적으로 맞물린 스칼펠과 상반신 보호구의 접속을 확인하던 그녀는 내심 의아해했다.

"아무것도 느끼지 못하셨습니까?"

"예, 특별히⋯⋯."

"카샤가 피 냄새를 감지했고, 니콜라도 뭔가를 느꼈습니다."

"피 냄새? 설마 신성교단이? 그럴 리가 없습니다."

데보라는 고개를 저었다. 하지만 프란츠의 의문은 풀리지 않았다.

"신성교단이 이 숲에 들어오지 못할 특별한 이유라도

있습니까?"

데보라를 뒤따라온 네벨이 서둘러 설명했다.

"이 숲 전체엔 마녀들이 만든 강력한 감지 마법이 걸려 있습니다. 만약 신성교단이 숲에 들어왔다면 마녀들이 먼저 감지하고 피신했을 겁니다."

옆에서 듣고 있던 키르히가 피식 웃었다.

"꼬마가 모르는 개구멍이라도 발견했나 보지."

"중사님!"

"어이, 목소리 낮춰. 우리 위치가 드러난다고."

네벨은 꿍한 얼굴을 옆으로 돌렸다.

프란츠가 뒤쪽 마차에 있던 슈이와 히스에게 손짓했다.

"둘, 이쪽으로 와."

미리 장비 착용을 마친 히스는 창백한 은발 사이로 프란츠를 바라보며 걸음을 옮겼다. 반면 슈이는 장비는커녕 목도리조차 제대로 두르지 못해 고생하고 있었다.

그 꼬락서니를 본 프란츠는 작은 소리로 혀를 찼다.

"버섯만 아직 못 먹는 게 아니었군."

프란츠와 슈이는 꽤 각별한 편이다. 슈이는 일단 임무에 들어가면 자신이 해야 할 것들을 틀림없이 처리했으나 눈치가 없고 준비성이 부족하여 상관 및 교관들에게 꾸중을 듣는 일이 많았다. 만약 프란츠가 크로이츠 부대를 떠나기 전까지 그녀를 챙겨주지 않았다면 중도에 성적 미달로 탈락되어 버리고 말았을 것이다.

장비를 제대로 갖춘 슈이가 후다닥 뛰어왔다.

"미안, 언니."

"지금은 리더야."

프란츠의 목소리가 차가웠다. 그만큼 슈이의 표정이 침울해졌다.

"죄송합니다."

"사과는 됐어. 둘 다 종이와 연필을 꺼내."

프란츠는 숲의 위치를 가르쳐 준 마녀에게서 얻은 지도를 꺼낸 뒤 나침반을 그 위에 올리고 둘에게 보여주었다.

"손으로 대충 그린 지도라서 못 미덥지만 일정 규모 이상의 사람이나 마차가 통과할 수 있는 길은 나와 있어. 적들의 유무는 아직 정확히 알 수 없지만, 만약 들어왔다면 우리가 들어온 남쪽 길이 아닌 다른 길을 통해 들어왔겠지. 이곳에는 아무런 흔적이 없으니까. 슈이는 동쪽을 조사하고 히스는 서쪽을 맡아. 이 지도를 바탕으로 각자가 사용할 길을 옮겨 적도록 해."

"알겠습니다."

남매는 능숙한 솜씨로 자신들이 사용할 길과 목적지까지 가는 도중에 존재하는 지형을 재빨리 종이에 베껴 그렸다.

"그리고 리벨."

"예, 리더."

프란츠의 호명에 리벨이 여느 때와 마찬가지로 진지하게 대답했다.

"넌 키르히, 니콜라와 함께 여기서 마차를 지키도록 해. 난 다른 사람들과 함께 중앙으로 간다."

"……."

대답은 없었다. 리벨의 고운 얼굴은 키르히라는 이름이 나온 순간부터 납빛으로 변하고 있었다.

프란츠가 이맛살을 구겼다.

"싫어?"

리벨은 이번에도 대답하지 못했다. 키르히 때문에 못하겠다고 말하자니 망신스럽고, 그렇다고 키르히와 함께 있자니 심적으로 견딜 수 없었기 때문이다.

정작 키르히는 입술만 비죽거릴 뿐, 상관없다는 얼굴이었다. 키르히도 리벨을 기피하긴 했지만 여태껏 임무에서까지 그를 피한 적은 없었다.

파렌이라면 이 상황에서 어찌했을까. 잠시 고민한 프란츠는 그냥 자기 식대로 밀어붙이기로 했다. 시작부터 이런 식이라면 방법이 없다는 것이 그녀의 생각이었다.

"좋아, 잘됐군. 당장 아이젠발트로 꺼져."

"리, 리더!"

"꺼지란 말 못 들었나? 그게 서로를 위해 편한 일인 것 같은데?"

가만히 지켜보려고 했던 테르나가 결국 손을 내밀며 나섰다.

"그만 해, 프란츠. 내가 키르히 대신 여길 맡을게. 그러면 되잖아."

"왜 저 얼뜨기를 변호하는 거지? 이건 메뉴를 고르겠다며 칭얼대는 것과는 다른 문제야."

"그냥 좋게 가자. 응? 내가 이렇게 부탁할게."

긴 한숨이 프란츠의 입에서 흘러나왔다.

"……그럼 테르나가 남도록 해. 출발하지."

프란츠는 리벨을 노려보며 돌아섰다. 풀이 죽어 있던 리벨은 키르히가 도발적으로 혀를 내밀고 자신을 놀리자 주먹을 부르르 떨었다.

모두가 수풀 속으로 사라진 뒤, 테르나는 들고 있던 장검과 작은 방패를 마차의 마부석에 놓고 학생을 꾸짖으려는 선생님처럼 팔짱을 단단히 꼈다.

"리벨, 좀 솔직해져 봐."

"예?"

"나, 네가 키르히와 친해지고 싶어하는 거 다 알고 있어."

"아닙니다! 딱히 그런 게 아니라……!"

"에이, 그만. 어렸을 때부터 그랬잖아?"

테르나가 빙긋 웃었다.

"너랑 키르히, 비슷하면서도 다른 아이들이었지. 둘 다 남을 지나치게 의식하는 건 똑같은데, 넌 말을 섣불리 못 붙였고 키르히는 험한 말로 남과 가까워지는 걸 피했지. 그래서 둘이 친해질 수 있을까 궁금했는데…… 아마 그 날이었지? 키르히가 다리를 다친 널 등에 업고……."

리벨의 얼굴이 벌겋게 변했다.

"그, 그만! 상사님과는 관계없는 일입니다!"

"우후후후."

둘의 모습을 지켜보던 니콜라는 한심하다는 표정으로 고개를 돌렸다.

'주인님은 묘한 인간들에게 인기가 있으시네.'

니콜라는 투덜거리면서도 경계를 게을리 하지 않았다. 이 상황에도 장난을 치는 테르나와 농락당하는 리벨을 믿느니 혼자 짊어지는 게 낫다고 판단한 것이다.

한편, 일행과 함께 숲을 걷던 네벨은 아까 봤던 리벨의 태도가 마음에 걸린 듯 앞서 가는 키르히의 옆으로 붙었다.

"저어, 중사님."

"왜."

"클리츠 상사님께선 왜 중사님을 싫어하시나요?"

키르히의 표정에 불편한 기색이 떠올랐다.

"모르지. 그 배은망덕한 놈은 옛날부터 나만 보면 시끄럽게 굴었어. 머리 좀 다듬어라, 옷은 단정히 하고 다녀라, 먹을 때 흘리지 마라, 기타 등등……. 웃기잖아? 지가 내 엄마도 아니고 말이야."

"그럼 중사님도 클리츠 상사님을 싫어하시는 거군요?"

키르히가 네벨을 흘깃 내려다봤다.

"어이, 지금 그게 중요해?"

"그건 아니지만……."

무안을 당한 네벨은 목소리를 죽였다. 걸으면서 생각한 키르히는 문득 입을 열었다.

"별로 관심은 없지만, 막상 녀석이 없으면 심심할 것 같긴 하네."

"그렇군요."

그의 또 다른 면을 보게 된 네벨은 모자 그늘 밑으로 조심스럽게 미소를 지었다.

"그래도 그놈, 솔직히 재수없긴 해. 안 그래, 동생?"

키르히는 옆에서 걷고 있는 알렌의 어깨에 팔을 걸쳤다. 그 어떤 부자연스러움도 느껴지지 않는 동작이었다. 알렌도 팔을 들어 키르히의 어깨에 팔을 놓았다.

"흐흐, 오빠 말대로 정말 재수없지."

"하하하!"

모두는 마치 형제 같은 그들의 모습을 자연스럽게 받아들였다. 하지만 프란츠는 조금 달랐다.

'알렌마저도 변한 게 없군. 그러니 저 강아지가 여태껏 저 꼴이었겠지만.'

조금 느슨해지던 프란츠의 감각이 어느 순간 날카로워졌다. 길고 뾰족한 은색 나뭇잎들이 일행의 앞에서 떨어지는 것을 본 직후였다.

키르히도 알렌의 어깨에서 팔을 뗴었다.

당장 특별한 행동을 하는 사람은 없었다.

주변에 뭔가 있다는 것을 느낀 카샤는 프란츠와 키르히, 알렌의 분위기를 보고 가만히 있었다. 네벨과 데보라는 무슨 일이 있는지 아예 모르기에 마법에만 의존한 어설픈 경계 태세를 유지했다.

1분 정도 걸으며 상황을 지켜본 프란츠는 걸음을 늦추곤 고개를 일행 쪽으로 돌렸다.

"이대로 계속 가면 그 지저분한 마녀들의 비밀 장소가 나온단 말이지?"

말하는 내내 프란츠는 웃고 있었다.

건달마냥 코트 주머니에 손을 넣고 터벅터벅 뒤따라오던 키르히는 아주 잠깐 의아해했다가 프란츠의 표정에 맞춰 씩 웃었다. 프란츠가 저런 말을, 그것도 웃으면서

할 리가 없다는 사실을 알기 때문이었다. 반면 네벨과 데보라는 '지저분한 마녀'라는 과격한 말에 당황했다.

데보라가 놀란 가슴을 누르며 말했다.

"미스 파브레힐트, 무슨 말씀을……."

"앞으로 쭉 가면 나온다니까?"

데보라의 말을 끊은 키르히는 피 냄새가 듬뿍 섞인 미소를 지었다.

"가서 마녀고 뭐고 싹 쓸어버리자고. 이 재수없는 숲도 확 불살라 버릴까?"

그의 말에 프란츠가 어깨를 으쓱했다.

"그보다 마녀들의 시체를 숲 입구에 걸어놓자고. 예전에 북쪽 지방의 한 영주가 시체를 나무 말뚝에 꿰어서 적들을 위협했다는데, 우리도 그렇게 해볼까?"

"오, 그거 좋은 생각이네. 알렌도 아이디어 한번 내봐."

"나?"

알렌은 머리를 긁적이며 곤란해했다.

"음…… 마녀들을 전부 대머리로 만들면 어때?"

키르히의 표정이 밋밋해졌다.

"……대머리로 만든 다음에?"

"거기다 글씨를 써 넣는 거지! '바보'라고!"

알렌은 주먹을 불끈 쥐며 자신의 농담에 대한 자신감을 드러냈다. 하지만 키르히는 웃지도, 화를 내지도 않았다. 다른 일행도 난감한 표정으로 어색함을 대신했다.

"어이, 웃자고 한 말 아니지?"

"무, 무슨 소리야! 여자들에겐 머리카락이 생명이란 말이야! 그 생명을 밀고 글씨를 쓰는 것만큼 잔인한 행동이 어디 있어?"

"네 골통 속에나 있겠지."

"윽! 말이 너무 심하잖아!"

대드는 그녀에게 키르히가 손을 휘둘렀다. 움찔한 알렌은 본능적으로 팔을 들어 방어했으나 키르히의 주먹은 그녀에게 닿지 않았다.

그녀의 팔뚝 앞에 멈춘 키르히의 손에는 두 개의 작은 단검이 잡혀 있었다. 단검을 버린 키르히는 단검이 날아온 방향 쪽으로 몸을 돌렸다.

"이제야 나타나셨나?"

일행으로부터 조금 떨어진 장소에 깡마른 몸집의 금발 머리 여성이 무서운 눈을 하고 있었다. 겉으로 보기엔 10대 중반의 소녀처럼 보였으나 인간과 달리 길게 솟아오른 귀와 푸른색의 광채를 품은 눈동자가 이색적이었다. 더불어 허리에 찬 짧은 검을 뽑는 자세도 예사롭지 않았다.

"마녀들을 노리는 자, 이 숲의 민족인 내가 용서치 않겠다!"

"허, 그러서? 재밌겠네."

키르히가 건들거리며 소녀에게 걸어갔다. 워낙 당당하게 걸어오는 바람에 순간 움찔한 소녀는 얼른 정신을 추스르고 땅을 박찼다.

"각오하라!"

그녀가 바짝 당긴 활처럼 몸을 휘더니 탄력 넘치게 검을 휘둘렀다. 그러나 검을 휘두른 직후, 금발의 소녀는 깜짝 놀라 자신의 손을 봤다. 조금 전까지 손에 쥐여져 있던 검이 어디론가 사라져 있었다.

검은 키르히가 가지고 있었다. 상대가 휘두르는 찰나에 검을 낚아챈 것이다. 당황한 소녀는 예비용 단검을 뽑아 들려고 했지만 키르히가 간단히 다리를 걸어 넘어뜨렸다.

소녀의 등을 사뿐히 밟아 제압한 키르히는 턱에 힘을 준 채 소녀가 쥐고 있던 검을 살펴봤다.

"어라, 보기보다 괜찮은 칼이네? 하지만 여자애가 이런 거 휘두르면 시집 못 가."

프란츠와 알렌의 몸이 그 순간 움찔했다. 태평한 얼굴로 구경하던 카샤가 깜짝 놀랄 정도로 동작이 컸다.

그녀들의 표정을 보지 못한 키르히는 얘기를 계속했다.

"너, 마녀들이랑 무슨 관계야?"

"시끄럽다! 죽일 생각이라면 어서 죽여라!"

"죽일 생각 없는데?"

"그럼 희롱할 셈이로구나!"

"가슴 작은 여자에겐 관심없어."

이번엔 네벨과 데보라가 움찔했다. 카샤는 그들과 키르히를 번갈아 보며 걱정스러운 표정을 지었다.

'이러다가 뒤에 무슨 일 나는 거 아닌가?'

사소한 고민이었다.

키르히는 소녀를 밟은 뒤꿈치를 좌우로 움직였다.

"자, 됐으니까 얘기나 좀 하시지? 혹시 여기 사는 마녀들에게 무슨 일이라도 생긴 거야?"

키르히에게 밟힌 소녀는 대답이 없었다. 대신 앞으로 내민 혀를 앞니 사이에 끼운 채 고통스런 표정으로 안간힘을 썼다.

쓸쓸함과 짜증이 키르히의 표정에 떠올랐다.

"그 정도로 혀가 어떻게 될 거라고 생각하는 건 아니겠지?"

"……"

"아픈 짓 그만 하고 진정해. 우린 마녀 사냥하려고 온 사람들 아니야. 같이 온 마녀들도 있다고."

"네놈의 말을 믿을 것 같나? 네놈들, 신성교단이겠지? 며칠 전에 왔던 교단 기사단도 마녀들을 데리고 있었단 말이다!"

"교단 기사단? 템플러가 여기 왔었다고?"

키르히는 급히 프란츠를 봤다.

"우리가 한발 늦은 거 아냐?"

프란츠는 대답없이 팔짱을 낀 채 생각에 잠겼다.

때마침 키르히에게 밟힌 소녀를 유심히 관찰하던 데보라가 손뼉을 쳤다.

"아, 숲의 요정이군요!"

"요정이라고요?"

"예, 맞습니다. 숲의 거대한 의지가 창조하는 신비로운 존재지요. 이렇게 요정을 보게 되다니, 정말 꿈만 같군요."

데보라의 설명에도 불구하고 키르히는 영 미심쩍은 얼굴이었다.

"그래요? 책에 보니까 숲의 요정은 키가 크고 몸매도 좋다고 하던데."

"예? 어떤 책인가요? 혹시 제목을 알 수 있을까요?"

"제목이…… '노예 요정' 이었나?"

"……."

"야한 소설인데, 어렸을 때 읽은 거라 기억이 잘 안 나네요."

자신이 모르는 학술지가 혹시 있을지도 모른다는 기대

에 차 있었던 데보라는 할 말을 잃고 고개를 떨어뜨렸다.

　요정소녀와 일행의 오해는 데보라와 프란츠의 긴 설명 끝에 해소되었다.

　요정은 네벨이 준 물을 마시며 마음을 가라앉혔다. 카샤를 목마 태운 채 요정을 구경하던 키르히는 자신의 머리 위에 턱을 대고 있는 요괴소녀를 손으로 건드렸다.

　"원숭이."

　"말해라."

　"너 요정이 뭔지 알아?"

　"본좌도 처음이로다. 엄마라면 아실 텐데……."

　카샤는 꼬리를 흔들며 주위를 둘러봤다. 파우샤는 일행과 함께 이곳으로 걸어오던 도중 볼일이 있다며 갑자기 자리를 뜬 상태였다.

　"아무튼 이렇게 큰 숲이라면 의지를 드러낼 만큼의 거대한 영력을 모으는 것이 가능하지. 하지만 누군가의 손길을 거치지 않으면 불가능한 일인데……. 아무튼 숲의 의지가 창조한 존재치고는 너무 허약하도다."

　"그래, 가슴도 작고."

　키르히의 본능적인 한마디에 카샤가 쓴웃음을 지었다.

　"일단 말을 할 때까지 기다려 보자꾸나."

　요정이 입을 연 것은 그로부터 10분 정도가 흐른 뒤였다.

"그대들, 위치 메이커의 이끌림에 따라 이 숲의 그랜드 마더를 만나기 위해 왔다고 했나?"

"예, 그렇습니다."

데보라가 반갑게 응했다. 요정은 침울해진 시선을 바닥으로 향하며 가까스로 입을 열었다.

"그랜드 마더는 신성교단에게 당했다."

"예? 당했다고 하심은…… 설마, 그랜드 마더께서 돌아가셨다는 말씀이십니까?"

"사로잡혔다네. 교단 기사단의 위협으로부터 어린 마녀들을 보호하기 위해 스스로 잡혀갔지."

요정은 말하는 도중 분함을 못 이기고 아랫입술을 깨물었다.

"그러나 교단 기사단 녀석들은 마녀들을 해하지 않겠다는 약속을 어기고 무서운 괴물들을 이 숲에 풀어놨네. 마법조차 통하지 않는 무서운 괴물들이야. 저항하던 마녀들은 그 괴물들의 먹이가 됐고, 어린 마녀들은 뿔뿔이 흩어졌어. 그리고 그 괴물들은 이 숲을 뒤지고 다니며 마녀와 짐승들을 닥치는 대로 사냥하고 있지."

데보라는 요정의 말에 놀라움을 금치 못했다.

"마법이 통하지 않는 괴물이라니, 혹시 어떤 괴물인지 말씀해 주실 수 있겠습니까?"

"그들은 말을 탄 기사처럼 생겼다네. 붉은 눈을 빛내는

검은색 말에 앉아 창칼을 무섭게 휘두르지. 자신들에게
마법이 날아오면 녀석들은 왼손에 들고 있는 자신의 머
리를 들어 마법을 집어삼킨다네."

"머리를 들다니요?"

"그들은 머리와 몸을 이어줄 목이 없어. 교단 기사단은
그 괴물들을 듀라한이라 불렀던 것 같아."

잠자코 얘기를 듣고 있던 키르히가 킥킥대며 웃었다.

"목 없는 기사님이란 말이야? 난 무서운 얘기 싫어하는
데, 어쩌지?"

요정은 장난을 치는 키르히를 불쾌한 눈으로 노려봤
다.

한편, 키르히의 목 위에 앉아 있는 카샤는 살짝 몸서리
를 쳤다. 미하엘의 공격에 머리가 날아간 키르히가 자신
에게 다가오던 모습이 떠올라서였다.

키르히가 그 떨림을 느끼고 의아해했다.

"원숭이, 추워?"

"아니다."

카샤는 꼬리로 키르히의 이마를 철썩 쳤다.

요정의 이야기를 토대로 머릿속에서 상황을 종합해 본
프란츠는 자신들이 최소 두 가지 일을 해야만 한다는 결
론에 도달했다. 첫 번째는 숲을 돌아다니고 있다는 괴물,
듀라한을 물리치는 것이고, 두 번째는 템플러들에게 잡

혀간 그랜드 마더를 구출하는 것이다. 그러나 두 개의 과제 모두 쉽지 않았다.

첫 번째 문제인 듀라한은 그 능력이 정확히 어떤 것인지 알 필요가 있었으나 이름부터가 생소한 그 괴물의 정보를 정확히 아는 사람은 아무도 없었다.

그랜드 마더의 문제 역시 만만치 않았다. 일이 벌어진지 사흘이나 지났기에 추적은 물론 그랜드 마더의 신변에 무슨 일이 생겼을지 현재로선 파악할 수 없었다. 이미죽었을지, 아니면 신성교단에서 '교화'라고 칭하는 잔혹한 고문에 시달리고 있을지 모를 일이었다.

프란츠는 왼쪽에서 오른쪽으로 고개를 돌리며 주위를 둘러봤다. 반대 방향으로 한 번 더 둘러봤지만 쉬운 수학 문제를 앞에 둔 학자처럼 무표정한 얼굴로 답을 내놓던 검은 장발의 남자는 어디에도 없었다.

키르히와 알렌, 카샤, 그리고 네벨은 그녀가 누굴 찾는지 알고 있었다. 너무 잘 알기에 위로도, 응원도 하지 않았다.

'시작부터 이러면 어쩌라는 거지?'

자신을 꾸짖은 프란츠는 다시금 냉정히 생각해 봤으나 쉽게 판단을 내릴 수는 없었다. 듀라한은 카샤와 니콜라 등으로 어떻게든 된다 해도 그랜드 마더의 경우는 달랐다. 3일이라는 긴 시간과 부족한 단서가 만들어내는 경우의 수는 무궁무진했다.

　알렌은 다른 이들과 마찬가지로 안타까운 눈빛으로 프란츠를 바라봤다.

　'언니 혼자선 힘들 거야. 분야가 다르니까.'

　알렌은 프란츠가 어째서 테르나와 함께 이곳으로 오려 했는지 알고 있었다. 프란츠의 능력은 파렌도 인정하는 수준이지만, 그것은 어디까지나 상대가 누구며 어디에 존재한다는 정보가 갖춰졌을 때 십분 발휘되는 능력이었다.

　그 약점을 보충해 줄 수 있는 사람이 바로 테르나와 리벨인데, 리벨의 경우엔 가끔 실전에서 마무리를 어설프게 하는 경우가 있기 때문에 '정말' 믿음직한 조력자라고 생각하기엔 무리가 있었다.

　프란츠의 침묵이 길어지자 결국 데보라가 입을 열었다.

　"미스 파브레힐트?"

　"아, 말씀하십시오."

　대답을 조금 늦게 해버린 프란츠는 공손히 고개를 숙여 사과했다. 데보라는 괜찮다는 듯 가볍게 웃어준 뒤 등에 지고 있는 황색의 작은 가방에서 어떤 물건을 꺼냈다.

　그것은 갓난아이의 머리보다 조금 큰 유리구슬이었다.

프란츠는 그 물건의 정체를 알고 있었다.

"그것은……."

"예, 스코프입니다. 이것으로 특무상사님과 얘기를 나누실 수 있습니다."

키르히와 알렌, 네벨의 입에서 안도의 한숨 소리가 터졌다. 프란츠도 반갑긴 했지만 동료들의 그 한숨 소리가 가슴을 파고드는 것 같았기에 감정을 드러내진 못했다.

"잘됐군요."

"하지만 숙성이 덜된 물건이라 오래 사용할 수는 없답니다. 제가 원래 써왔던 스코프는 스승님께 반납하고 왔거든요."

"그래도 괜찮습니다. 사용할 수 있게 해주십시오."

"알겠습니다."

데보라는 마력을 이용해 구슬을 프란츠의 눈높이까지 띄운 뒤 주문을 불어넣었다. 구슬에서 오묘한 색의 빛이 올라와 액자처럼 커다란 사각형을 만들었다.

모두는 프란츠의 좌우에 모여 그 사각형 안을 유심히 들여다봤다. 지금껏 말은 하지 않았지만 그들은 아이젠발트에 홀로 남은 파렌에게 혹시라도 안 좋은 일이 일어나지 않았을까 걱정하고 있었다.

이윽고, 그 사각형 안에 누군가의 뒷모습이 떠올랐다.

파렌이었다. 그는 서재의 안락의자에 편히 앉아 조용히
책장을 넘기고 있었다.

"주인님!"

프란츠가 큰 목소리로 화면 안의 그를 불렀다. 그녀의
목소리를 들은 듯 고개를 든 파렌은 슬그머니 자신의 뒤
쪽을, 정확히는 유리구슬이 있는 방향을 돌아봤다.

"아, 프란츠군."

파렌은 밝게 웃으며 의자에서 일어났다. 위쪽 단추를
넉넉히 푼 그의 흰색 셔츠 위로 검은 장발이 곱게 흘러내
렸다.

구슬 앞에 자리를 잡은 파렌은 프란츠의 좌우에 선 사
람들과 한 번씩 눈을 마주쳤다.

"모두 건강하군. 안 보이는 사람은 어디에 있지?"

프란츠는 그의 얼굴을 본 순간부터 두근거리기 시작한
가슴을 겨우 진정시킨 뒤 또박또박 대답했다.

"테르나와 리벨은 니콜라와 함께 마차에 있고, 슈이와
히스는 정찰을 보냈지. 주인님은 어때?"

"용병 하나를 수소문하고 있었는데 어제 마침 잘 풀렸
어."

"용병? 용병은 어째서?"

"경호원으로 써보려고. 꽤 명성이 높은 용병이라 그런
지 만나기도 힘들더군. 아무튼 지금은 모두에게 미안할

정도로 잘 쉬고 있어. 그런데 무슨 일이지? 표정들이 안 좋군."

프란츠는 이 숲에서 있었던 일들을 차례로 말했다. 파렌은 진지하게 경청했고 다른 이들은 숨을 죽인 채 파렌의 말을 기다렸다.

그들과 좀 떨어진 곳에서 쉬고 있던 요정은 그들의 간절한 모습을 보며 고개를 갸웃거렸다.

'저자가 대체 누군데 저렇게까지……? 종교단체의 교주라도 되나?'

이야기를 끝까지 들은 파렌은 그사이 옆에 가져다 둔 따뜻한 물을 한 모금 마신 뒤 숨을 내쉬었다.

"듀라한이라는 괴물은 그렇다 치고…… 그랜드 마더가 문제로군. 하지만 너무 걱정할 필요는 없어."

"어째서? 벌써 3일이나 지난 문제야."

"그래, 알아. 좀 늦은 감은 있지. 그러나 문제를 좌절할 정도는 아니야. 템플러들은 아직 숲 인근에 있을 테니까."

"인근에 있다고?"

"그래, 네가 말해준 이야기가 모두 사실이라면 아마도 한 시간 이내의 거리에 있겠지."

모두는 파렌이 과연 무슨 근거로 그런 말을 하는지 궁금했다.

"우리가 옆에 없다고 거짓말하는 거 아냐?"

키르히가 시비를 걸자 알렌이 팔꿈치로 그의 옆구리를 아주 세게 찔렀다. 카샤는 꼬리로 키르히의 목을 감아 졸랐다.

화면 안의 파렌은 지그시 웃었다.

"빌베르담에서의 일을 생각해 봐. 당시 빌베르담에 나타난 템플러들의 목표는 그곳을 찾아오는 모든 마녀였어. 그런데 그렇게 무차별적으로 행동하던 자들이 이번엔 다른 마녀들은 내버려 둔 채 그랜드 마더만을 잡아갔지. 그리고 추가로 듀라한이라는 괴물들을 풀어놨어. 듀라한들은 숲 속의 마녀들을 사냥하고 있는데…… 이야기가 좀 부족해서 단정 짓긴 어렵지만 한번 예상해 볼까?"

모두가 재촉하듯 고개를 끄덕거렸다.

"흠, 아마 그 듀라한들은 마녀들을 무차별로 죽이고 있진 않을 거야. 시간을 두고 천천히 죽이고 다니겠지."

"천천히 죽이다니?"

"하루에 몇 명…… 내지는 나이순으로 몇 명? 아마 기준이 있을 거야. 증거도 채집할걸? 귀라던가, 목이라던가."

모두는 일제히 요정을 바라봤다. 파렌의 예상을 그 긴 귀로 똑똑히 들은 요정은 입을 벌린 채 놀라고 있었다.

"그걸 어떻게……?"

"정말 기준이 있소?"

프란츠가 묻자 요정은 고개를 끄덕였다.

"하루에 다섯 명씩 죽었다네. 숲에 있는 듀라한들이 몇 마리인지는 알 수 없지만 내가 매일 저녁 생존자들의 수를 점검해 봤을 때 항상 다섯이 비었지. 듀라한에게 당한 마녀들은 모두 목이 잘려 있었네."

"아아……!"

감탄사가 모두의 입에서 일제히 터졌다.

화면 속의 파렌은 천천히 팔짱을 꼈다.

"그건 아마도 협박을 위한 행동일 거야. 템플러들은 그랜드 마더만이 알고 있는 어떤 요소를 노리고 여기에 온 것인데, 정작 손에 들어온 그랜드 마더가 입을 열지 않으니 놈들은 듀라한을 풀어 마녀들을 죽이며 그랜드 마더를 협박하고 있겠지."

"그럼 당장 다 때려잡고 그 그랜드 마더인가, 할머니인가를 구하자고!"

키르히의 기세가 확 올라오자 파렌은 웃으며 고개를 저었다.

"진정해. 내 얘기는 모두 예상일 뿐이야. 물론 템플러들이 노리는 요소가 이 숲에 있다면 사실에 근접하겠지."

"있소."

요정의 말이 바로 이어졌다.

"그 교단 기사단은 아마도 마녀의 자궁(子宮)을 노리고 있을 거요."

모두가 조용해졌다. 그녀가 말한 마녀의 자궁이 무엇인지 알고 있는 네벨과 데보라는 너무 놀라 말을 못했고, 다른 이들은 그것이 무엇인지 몰라 말을 못했다.

키르히는 조금 달랐다.

"오우, 갑자기 이야기가 야해지는데?"

키르히의 목을 조르던 카샤의 꼬리가 불끈 강해졌다. 격한 소리가 키르히의 입 밖으로 터졌지만 반은 장난이었다.

요정의 얼굴이 더욱 진지해졌다.

"그대들을 믿고 말하겠소. 마녀의 자궁이란 마녀가 태어나는 성스러운 물건이오. 그랜드 마더는 위치 메이커의 명으로 그 자궁을 관리하고 감독한다오. 산파의 역할을 한다고 보면 되오. 자궁의 위치는 오직 그랜드 마더와 위치 메이커, 그리고 나만이 알고 있소."

알렌과 카샤에게 고문을 당하던 키르히가 즉각 심술을 부렸다.

"네가 뭔데?"

끙, 하는 소리가 요정의 입 밖으로 새어 나왔다.

"나도 그 자궁에서 태어난 존재라 그렇소."

키르히가 데보라를 흘끔 봤다. 데보라는 차분히 고개를 끄덕였다.

"그렇군요. 이제 알겠습니다. 한시라도 빨리 그랜드 마더를 구하지 않으면 안 되겠군요."

"예, 여사님."

데보라의 말에 동의한 프란츠는 즉시 파렌에게 물었다.

"인원을 나눠야겠지? 일단 외부 정찰을……."

"아, 조급하게 생각하지 마. 열쇠를 쥔 쪽은 이쪽이니까."

"뭐?"

"내가 얘기해 주는 대로 행동하면 어렵지 않을 거야."

파렌은 싱긋 웃었다. 모두는 다시금 숨을 죽이고 그의 말에 귀를 기울였다.

"숲 속의 듀라한을 잡도록 해. 가급적 오늘 내로."

"그리고?"

프란츠가 다그치자 파렌은 고개를 옆으로 기울였다.

"음…… 그냥 쉬면 돼."

그 순간 모두가 할 말을 잃었다.

"쉬면 된다고?"

프란츠는 다급하게 물었지만 파렌은 아까 덮었던 책을 다시 펴며 자리에 앉았다.

"그쪽에서 듀라한을 처치하고 쉬다 보면 신성교단이 보낸 정찰대가 숲에 들어올 거야. 그들 입장에선 그만큼 중요한 일이니까 반드시 확인하러 오겠지. 편하게 생각해."

"편하게 생각하라니, 주인님이야말로 너무 편하게 말하는 게 아닌가?"

그녀가 흥분하여 목소리를 높이자 파렌이 타이르듯 말했다.

"너 혼자 생각하면 안 된다고 했을 텐데?"

중요한 일은 테르나, 리벨과 반드시 상의하라. 그것이 파렌의 당부 사항이었다. 일행을 나눌 수밖에 없었던 프란츠의 입장에선 좀 억울할 수도 있었지만 그녀는 단 한마디의 변명도 하지 않았다. 그녀는 우는 것만큼이나 변명하는 것을 싫어했다.

뭔가 말을 하려던 파렌은 입을 다물었다. 그녀의 차가운 표정에서 우울함을 느낀 것이다.

파렌의 표정이 좀 부드러워졌다.

"그렇다고 테르나 리벨에게 일을 떠맡기라는 말은 아니야. 일이 어려우면 어려울수록 너희 셋이 생각을 모아야만 해. 상황에 따라 여의치 않을 수도 있지만 가급적 함께 논의하도록 해봐."

"그러지."

프란츠는 짧게 끊듯 대답했다. 그것이 그녀의 평소 모습이었다.

"아, 혹시 식사를 거르진 않겠지?"

파렌이 누구에게 질문을 하는 것인지 혼란을 느낀 프란츠는 말없이 생각하다가 네벨을 돌아봤다. 그 어린 마녀는 파렌과 함께 있을 때도 사흘에 한 끼 정도는 식사를 거른 문제아였다.

"요즘은 잘 먹어. 리벨도 어렸을 때와는 다르더군."

"아니, 너 말이야."

파렌은 싱겁게 웃었다. 당황하여 할 말을 찾지 못한 프란츠는 뒷머리를 긁적거렸다.

"리더가 여유를 가져야 다른 멤버들도 여유를 갖는 법이야. 최대한 좋은 모습을 보여주도록 해."

"명심하지."

"다른 이야기가 없으면 여기서 마치도록 하지. 내가 가진 스코프에서 연기 비슷한 게 나는군."

옆에서 지켜보던 데보라가 한숨을 쉬었다.

"특무상사님의 스코프에 무리가 간 것 같습니다. 연결을 끊어야 할 것 같군요."

"아……."

프란츠의 얼굴에 아쉬움이 떠올랐다.

"걱정하지 마, 프란츠. 너희들이라면 문제없을 거야. 조언이 필요하다면 언제든 연락하도록 해. 연락을 받을 수 있는 상황이라면 주저없이 받을 테니까."

"미안하군."

"괜찮아. 다음에 만나자."

데보라가 스코프의 동작을 중지시켰다. 눈을 감고 아쉬움을 달랜 프란츠는 다시 냉정한 얼굴로 돌아와 일행을 돌아봤다.

"듀라한 처리에 들어가도록 하지. 요정이라고 불러야 하나?"

"이름이 있다."

요정은 당당한 얼굴로 자신을 소개했다.

"퀴오리펠드 디움 알케부르크 사이클립스라고 한다."

요정의 긴 이름에 일행은 침묵했다. 데보라와 네벨은 이름의 뜻을 아는지 아름다운 이름이라며 감탄했지만 다른 일행은 그렇지 않았다.

"뭐야, 그게."

키르히가 대놓고 빈정대자 그 긴 이름의 요정이 발끈했다.

"은색 무지개 숲의 아름다운 아이라는 뜻이다! 나의 고귀한 이름을 욕하는 건가?"

"알았으니 앞으로 퀴오라고 부를게. 짧고 좋네."

"뭣이!"

"어이, 이름이란 것은 남과의 구별을 위한 수단이지, 자신의 아름다움을 뽐내기 위한 수단은 아니란 말이야.

고귀한 존재답게 우리처럼 덜 고귀한 자들을 배려하는
마음을 좀 가져보라고."

키르히에 이어서 카샤가 허리 양쪽을 손으로 받치고
화를 냈다.

"남한테 대놓고 반말을 하는 주제에 고귀한 자라니, 어
이가 없도다. 그 입버릇부터 고귀하게 바꾸는 게 어떤
가?"

"이, 이것들이!"

요정이 화를 냈지만 키르히는 딴청을 부리고 카샤는
눈썹 하나 까딱하지 않았다. 자존심에 상처를 받은 요정
은 프란츠를 붙잡고 따졌다.

"그대가 이들의 리더겠지? 나의 이름에 먹칠을 한 저
막돼먹은 자들을 그대의 권한으로 혼내주게!"

"급한 일이 아니니 나중에 처리하겠습니다. 지금은 듀
라한에 관한 설명을 해주십시오."

"그럴 순 없네! 일의 우선순위를 바꿔주게!"

잠시 요정을 바라본 프란츠는 시선을 돌리며 어금니를
꾹 깨물었다. 그녀의 눈빛에서 평생 본 적이 없는 섬뜩함
을 목격한 요정은 자신도 모르게 양손으로 스스로의 입
을 가렸다.

"여사님, 이 요정과 시간 낭비를 할 필요가 있습니까?"

데보라가 말리듯 대답했다.

"듀, 듀라한은 저도 모르는 존재이니 퀴오리펠드 디음 알케부르크 사이클립스님의 이야기는 반드시 필요하다고 봅니다!"

"쯧."

묵직하게 혀를 찬 프란츠는 결국 자신의 방식대로 요정에게 다시 물었다.

"대답할 기회를 다시 주지, 요정. 듀라한에 대해 아는 대로 뱉어봐."

"가, 갑자기 무슨……?"

상대의 갑작스러운 태도 변화에 놀란 요정은 겁에 질렸는지 말도 제대로 마무리 짓지 못했다. 그러나 지금 이 자리에 그녀의 아군은 없었다. 데보라와 네벨은 도망치듯 시선을 다른 곳으로 돌리고 있었다.

프란츠의 협박이 이어졌다.

"미안하지만 우리는 마녀들에게 관심이 있을 뿐이야. 요정인지 뭔지가 어떻게 되든 상관없어."

"아, 알겠네! 알았으니 진정하고 내 말을 듣게!"

"좋은 판단이군. 다만 네 이름보다 간결하게 설명해 줬으면 좋겠어."

"알았으니 제발 그런 눈으로 보지 말아주게! 날 퀴오라고 불러도 좋으니까!"

공포에 억눌린 끝에 자존심까지 스스로 무너뜨린 요정

은 일단 일행을 마녀들이 살던 곳으로 안내하며 듀라한
에 대해 설명했다.

"듀라한은 기사의 모양을 한 괴물이라네. 갑옷만으로
이뤄진 말을 타고 있고, 스스로도 갑옷 외엔 존재하지 않
지. 어찌 된 이유인지 마녀들의 마법은 전혀 통하지 않고
왼손에 든 투구로 마녀들의 마법을 흡수하기까지 한다
네. 온통 검은색으로 칠해진 목 없는 기사…… 생각만 해
도 두렵지 않나?"

뒤에서 걷던 키르히가 피식 웃었다.

"별로."

요정이 자신을 노려보자 키르히는 이유가 있다는 듯
어깨를 으쓱했다.

"세상에서 가장 강한 검은색을 알고 있거든."

"뭐라고?"

"본좌도 안다!"

키르히의 옆에 있던 카샤가 번쩍 뛰어올라 키르히의
어깨에 앉았다. 키르히는 카샤의 꼬리를 엄지와 중지 사
이에 끼우고 간질였다.

"그럼, 저 고귀하신 요정님 빼고 우리 모두 알고 있지."

"흐흐흐."

웃어댄 카샤는 턱을 키르히의 선명한 갈색 머리 위에
문질렀다.

별 의미 없는 이야기라고 판단하여 무시하려 했던 요정, 퀴오는 문득 아까 스코프에 나타났던 검은 장발의 남자를 떠올렸다.

'그 남자가 그렇게 대단한 인물인가?'

그녀는 일단 고민을 제쳐 두고 안내를 계속했다.

잠시 후, 일행의 눈앞에 원형의 작은 들판이 나타났다. 숲에 둘러싸인 형태의 그 들판엔 통나무로 된 작은 집들이 아담하게 자리 잡고 있었다.

대부분은 파괴된 상태였고 집들 사이사이엔 시체에서 풍기는 진득한 피 냄새가 흘렀다. 카샤는 목을 잃고 나뒹구는 마녀들의 시체를 보고 인상을 구겼다.

"잔인하도다! 대부분이 어린 마녀들인데……!"

지금과 같은 광경을 며칠 동안 계속 봐왔던 퀴오는 슬픈 얼굴로 고개를 숙였다.

"시신도 수습하지 못하고 있었지. 얼마나 무력한 존재란 말인가, 나는……!"

그때, 반파된 통나무집의 문이 열리는 소리가 났다. 일행 모두가 긴장하는 가운데, 요정은 문밖으로 고개를 조심스레 내민 존재를 향해 두 팔을 벌리며 뛰어갔다.

"카, 카르멘! 카르멘이 아닌가!"

"요, 요정님! 퀴오리펠드 디옴 알케부르크 사이클립

스님!"

머리에 노란 털가죽 두건을 귀엽게 쓴 어린 마녀가 울먹이며 집에서 뛰어나왔다. 도펠 슈트롬을 반쯤 뽑았던 키르히는 네벨처럼 동공이 없는 어린 마녀의 눈을 보고 칼을 제자리로 되돌렸다.

"생존자가 있었네?"

"안색을 보니 며칠 굶은 것 같군."

프란츠가 알렌에게 손짓했다.

"먹을 것을 준비해, 알렌."

"응, 리더."

알렌은 등에 진 가방을 내려놓은 뒤 오늘 아침에 구운 빵들을 뒤적거렸다.

"어떤 게 좋을까나? 오빠, 좀 와서 볼래?"

키르히를 부르는 그녀의 머리 위로 뭔가 검고 커다란 물체가 획 지나갔다. 빵에 대한 질문을 왜 자신에게 하냐며 짜증을 내려던 키르히의 눈빛이 대번에 변했다.

질풍처럼 일행을 넘어 숲을 빠져나온 그 존재는 오른손에 든 거대한 돌격창의 끝을 요정과 어린 마녀 쪽으로 맞췄다.

두꺼운 갑옷 차림의 목이 없는 괴물이었다. 텅 빈 목에선 연푸른색의 연기가 피어올랐고 갑옷 사이에서도 비슷한 색의 기운이 흘러나와 바람의 방향에 따라 움직였다.

그것이 바로 요정이 말한 듀라한이었다. 듀라한이 탄 검은색 말이 푸른 콧김을 길게 뿜었다.

듀라한의 존재를 뒤늦게 알아차린 어린 마녀는 비명을 지르며 요정의 옷을 잡아끌었다. 그 바람에 검을 뽑지도 못하게 된 쿼오는 어찌할 바를 모르고 허둥대기만 했다.

"마녀…… 목…… 가져가겠다."

음산한 목소리로 중얼거린 듀라한이 돌격하려는 찰나, 숲을 뛰쳐나온 키르히가 도펠 슈트롬을 들고 둘 사이에 섰다.

"그냥 연기 나는 깡통이잖아?"

멋모르고 나선 듯한 키르히의 태도에 요정이 분노했다.

"일반인은 비켜라!"

"너야말로 구경이나 해!"

윽박지른 키르히는 모든 신경을 적에게 집중했다.

듀라한의 왼손에 든 투구 속에서 푸른 눈빛이 빛났다.

"방해자……!"

듀라한이 숲을 빠져나올 때처럼 질풍같이 내달렸다. 그와 동시에 키르히의 온몸에서 붉은 살기가 뿜어졌다. 압궤 현상이 빚어낸 아지랑이일 뿐이었지만 그것은 미약하게나마 한 쌍의 날개처럼 보였다. 노란 두건의 마녀는 그 모습에 흥미를 가졌으나 요정은 그렇지 않았다.

"네가 뭔지 모르지만 안 된다! 듀라한은 정제된 은으로 만들어진 검이 아니면……!"

순간 무쇠가 구겨지는 소리와 함께 듀라한이 말에서 떨어졌다. 땅에 떨어진 듀라한의 오른쪽은 거대한 해머에 맞은 것처럼 형편없이 우그러들어 있었다. 주인을 잃은 말은 앞으로 조금 이동하는가 싶더니 주인 쪽으로 머리를 돌린 후 그 자리에서 동작을 멈췄다.

"역시나 시시하네."

키르히는 옆으로 굴러 떨어진 듀라한의 투구를 발로 납작하게 밟았다. 그러자 어떻게든 일어나기 위해 꿈틀거리던 듀라한의 몸과 그의 말이 힘을 잃고 조각조각 바닥에 무너져 내렸다.

키르히가 요정을 흘끔 봤다.

"은이 뭐 어떻다고?"

요정은 넋이 나간 얼굴로 고개를 저었다.

"아, 아니다."

"쳇, 쓸모없긴. 어이, 꼬마 마녀."

그로부터 멀리 있는 네벨과 가까이에 있는 꼬마 마녀가 동시에 움찔했다.

"소녀를 부르셨습니까?"

"그래, 너. 이름이 뭐야?"

"카르멘입니다."

"그래? 좋은 이름이네. 웃으면 더 예쁘겠는데?"

그의 기습에 놀란 마녀는 두 볼을 양손으로 가리며 당혹감을 드러냈다.

"무, 무슨 말씀을……."

"그 이름 긴 요정을 데리고 내 동료들이 있는 곳으로 가. 여긴 위험해."

이유를 설명하듯 숲 사방에서 듀라한들이 모습을 나타냈다.

그들을 돌아보며 혀끝을 내민 키르히는 도펠 슈트롬을 잡은 왼손 엄지의 끝을 도발적으로 핥았다. 동시에 그의 옷으로부터 붉은 아지랑이들이 아련하게 피어올랐다.

키르히의 그 모습을 본 노란 두건의 마녀는 듀라한들이 쳐들어오기 전까지 읽고 있던 동화의 내용을 떠올렸다.

"붉은 날개의 기사……?"

"카르멘, 어서 서둘러!"

"아, 예!"

요정의 손에 잡혀 뛰면서도 마녀는 키르히에게서 눈을 떼지 못했다.

네벨은 마녀들의 마을 한가운데로 들어가는 키르히를 불쾌한 표정으로 노려봤다. 더불어 요정과 함께 자신들이 있는 곳으로 달려오는 어린 마녀도 의식했다.

네벨보다 몇 살 어려 보이는 그 마녀, 카르멘은 키르히의 등에서 시선을 떼지 못하고 있었다. 네벨은 그 소녀의 반짝거리는 눈빛이 그렇게 보기 싫을 수가 없었다.

'웃으면 예쁠 것 같다니, 무슨 소리야? 지금 상황에 적절치 않잖아? 이해할 수 없어!'

실제로 키르히의 입에서 나온 것이라고는 믿기 힘든 발언이었다. 남녀노소 모두에게 쓴소리를 하는 그의 행실을 생각하자면 더욱 그랬다.

물론 키르히의 본심은 아니었다. 거기엔 나름대로 까닭이 있었다.

일행이 아이젠발트를 떠나던 날 아침, 파렌은 키르히를 따로 불러 몇 가지를 당부했다. 그중 하나가 바로 마녀들을 만나면 예쁘다, 곱다, 아름답다는 말을 최대한 많이 쓰라는 것이었다.

키르히는 당연히, 그리고 미친 듯이 질색했다.

"이봐, 제정신이야? 난 키르히 펙터라고! 내 별명을 잊었어? 미친개야! 내 혀는 그런 말을 내뱉기 위해 존재하는 게 아니야! 여자와 관련된 일은 나보다 리벨이 차라리 낫다고!"

파렌은 나름대로 이유를 댔다.

"리벨은 안 돼. 뭘 해도 계산하는 모습이 뻔히 보이거든. 거부감을 줄 가능성이 커."

"어이, 난 무식하잖아!"

"분명 그렇지만 순수하게 비춰질 때가 많지. 그 점이 널 편하고 좋은 사람으로 부각시켜 줄 거야."

"엉?"

"마녀들은 그들의 배타적인 생활환경 때문에 치밀하고 계산적인 영웅보다는 접근이 쉬운 영웅을 원하는 면이 커. 그리고 넌 그런 영웅이 될 요소를 가지고 있지. 색깔과 외모도 괜찮고."

"영웅? 뭔가 착각하나 본데, 난 영웅이 아니라 군인이야! 나라에서 주는 돈을 받으며 일하는 공무원이라고! 그리고 무엇보다 난 마녀들에게 관심이 없어!"

"가슴이 작아서?"

"그렇게 적나라하게 말하면 곤란하잖아! 날 무시하지 마! 그것 말고도 이유가 있어!"

"그럼 말해봐. 듣고 고려해 보지."

"음……! 하여튼 있어! 있을 거야! 있다고!"

"됐으니 그냥 해봐. 네가 어떻게 하느냐에 따라 마녀들이 우리를 믿고 나설지, 아닐지가 결정될 수 있어. 이건 널 개인적으로 놀리려고 하는 말이 아니야. 중요한 전략이야."

"설득은 여사님이랑 꼬마가 하는 거잖아? 같은 마녀끼리!"

"같은 마녀이기 때문에 오히려 불신을 줄 수 있지. 앞잡이라고 오해를 살 수 있거든."

"아, 진짜, 좀!"

"잔말 말고 해. 명령이라고 생각해도 좋아."

이런 대화가 오간 끝에 나온 말이 바로 그것이었다. 그런 사정을 모르는 네벨은 지금껏 경험한 적이 없는 감정으로 키르히에게 눈총을 보냈다.

일행이 있는 곳에 도착한 카르멘은 공교롭게도 네벨의 옆에 주저앉았다. 그곳에 빈자리가 있어서 그런 것뿐이지만 네벨에겐 묘한 도발로 보였다.

카르멘이 문득 네벨을 올려다봤다. 그녀는 자신과 마찬가지로 동공이 없는 네벨을 보고 반갑게 웃었다.

"같은 마녀군요?"

"네벨 폰 미스트위치라고 합니다."

평소보다 차갑게 날이 선 목소리였지만 그녀의 속을 모르는 카르멘은 그저 좋게 받아들였다.

"미스트위치? 당신이 바로 그 안개의 마녀군요! 반가워요! 전 카르멘이라고 해요! 전 아직 나이가 어려서 네벨 님처럼 다른 이름을 받진 못했어요. 언니라고 불러도 되나요?"

"아니요."

"……."

"그냥 이름으로 부르시면 됩니다. 그쪽이 아직 더 편합니다."

"네."

카르멘은 왠지 자신이 미움을 샀다는 느낌을 받았다.

"아, 네벨님. 혹시 저분에 대해 잘 아시나요?"

"어느 분 말씀이신지요?"

"아, 저기 빨간 코트를 입으신…… 너무 멋있는 것 같아요!"

순간 네벨이 두 팔을 몸에 바짝 붙이고 주먹을 꼭 쥐었다.

"중사님은 멋지지 않으십니다!"

"……."

확실히 미움을 샀다. 카르멘은 그렇게 생각했다.

숲 속에서 작은 소동이 벌어지는 동안 듀라한들이 키르히를 중심으로 모여들었다.

나타난 듀라한들의 숫자는 총 여섯이었다. 그 여섯의 무장은 제각각이었지만 타고 있는 말의 모습, 갑옷의 형태, 덩치까지 모두 똑같았다.

프란츠는 전술적인 움직임으로 키르히를 포위하고 조여드는 그 괴물들의 모습에 깜짝 놀랐다. 첫 번째 듀라한이 소멸하는 모습을 본 것인지, 아니면 소멸된 듀라한의 죽음을 어떤 미지의 수단을 이용해 경험한 것인지 분간할 수 없었지만 키르히의 공격에 주의하는 것만은 분명했다.

"마법이 통하지 않는 이유가 있었군요."

프란츠의 옆에 있던 데보라가 말했다. 그녀는 앞으로 모은 두 손 사이로 듀라한 중 한 명을 관찰하고 있었다.

"듀라한이 들고 있는 투구와 갑옷, 그리고 말에서 상당한 밀도의 신성력이 흘러나오고 있습니다. 저런 상황이라면 일반적인 수준의 마법은 전혀 통하지 않지요."

"그럼 제거할 방법은 무엇입니까?"

"지금으로선 중사님이 하셨던 것처럼 물리력으로 제압하는 것이 가장 좋은 것 같습니다. 신성력을 마법으로 제압하는 일은 어렵기도 어렵지만 효율 면에서 상당히 떨어지지요."

"그렇다면 키르히를 중심으로 전투를 진행해야겠군요."

노스페라투를 입은 키르히의 능력을 최대한 이용하겠다는 뜻이었다. 그러나 현실은 프란츠를 편하게 내버려두지 않았다.

데보라가 힘겹게 말했다.

"그건 조금 어려울지도 모르겠습니다."

사실 키르히가 지금 입고 있는 노스페라투는 아젤란도

가 마지막으로 조정한 것보다 성능 면에서 떨어지는 물건이었다. 이유는 키르히가 아젤란도의 의지대로 괴물로 변할 뻔했던 사건 때문인데, 데보라는 그런 위험성을 최소화하기 위해 스승이 만든 공식을 버리고 개인적으로 연구한 공식을 대입하고 있었다.

결과는 그다지 좋지 않았다. 파우샤의 도움으로 마법에 대한 저항력까지는 복원시켰으나 물리적인 힘을 강화시켜 주는 기능은 본래의 절반에도 못 미치고 있었다.

데보라는 네벨이 제보한 대로 정령의 힘을 다시 빌려볼까 했지만 정령은 꿈쩍도 하지 않았다. '붉은 날개의 기사'라는 미지의 힘에 대한 연구도 지지부진했다. 둘 다 그녀의 지식을 한참 뛰어넘는 부분이기 때문에 함부로 건드렸다가는 키르히의 안전을 보장할 수 없는 상황이 벌어질 수도 있었다.

이곳에 오기 전, 붉은 날개의 기사에 대한 부분을 제외한 모든 주의사항을 데보라에게 들었던 프란츠는 다른 일행에게 재빨리 지시를 내렸다.

"카샤는 언제든지 나갈 준비를 하도록 해. 알렌은 저격 준비를 하고."

카샤는 기다렸다는 듯 벌떡 일어났으나 알렌은 조금 망설이는 분위기였다.

"내 저격이 통할까? 아까 요정님이 정제된 은이 아니면 저들에게 통하지 않는다고 했던 것 같은데?"

"키르히의 칼이 통했잖아. 머리를 밟힌 뒤엔 아예 정지하기까지 했어. 저격으로 듀라한들이 들고 있는 머리를 노려. 혹시 모르니 리제뉴 탄환을 쓰도록 하고."

"음, 그럼 명령대로."

알렌은 즉시 창처럼 생긴 자신의 카노네 블라트에 저격용 도구들을 조립했다. 개머리판과 조준경, 지지대만 조립하면 그녀의 무기는 창에서 저격용 총으로 변한다.

간단한 체조로 몸을 풀던 카샤가 문득 프란츠에게 물었다.

"그런데 도울 거면 지금 당장 도와주는 게 낫지 않나? 그게 훨씬 효율적인 것 같다만?"

"확인하고 싶은 게 있거든. 지금은 일단 지켜보도록 해."

"으음."

프란츠는 현재의 키르히가 어느 정도의 가치를 지니고 있는지 알고 싶었다. 지금 일행들 중 전투 능력의 변화가 가장 큰 사람이 바로 키르히이기 때문이다.

키르히는 마녀 마을의 폐허 한가운데에서 자신의 적을 지켜보고 있었다. 듀라한들은 말을 느리게 몰며 키르히에게 접근했다. 동족 중 한 명이 간단하게 당한 것도 이유지만, 가장 큰 이유는 폐허 사이에 난 길의 복잡함이었다.

마녀들의 마을은 집이 매우 불규칙하게 난립해 있어 말을 돌격시켜 상대를 노릴 수 있는 지형이 아니었다. 키르히가 폐허 중앙으로 들어간 것도 바로 그 이유 때문이었다.

여섯의 듀라한 중 길고 커다란 검을 든 자와 긴 사슬로 연결된 철구(鐵球)를 든 자가 먼저 공격을 개시했다.

철구를 사정없이 회전시키던 듀라한이 자신과 키르히 사이에 놓인 폐허를 마구잡이로 부쉈다. 망가진 오두막이 철구에 맞아 부서지고 갈색과 흰색의 나뭇조각들이 휘날렸다. 오두막의 파편들은 마치 총알처럼 매섭게 키르히에게 날아들었다.

파편을 피해 움직인 키르히의 앞엔 대검을 든 듀라한이 검을 치켜든 채 서 있었다. 사냥꾼들이 사냥감을 모는 것처럼 계획된 움직임이었다.

키르히는 몸을 바짝 숙여 자신의 머리를 노린 검을 피했다. 듀라한이 검을 반대로 휘둘러 다시 공격하려는 찰나, 키르히의 움직임이 급격해졌다.

그는 왼손에 든 도펠 슈트롬으로 땅을 찍으며 거꾸로 도약했다. 그가 노스페라투를 입지 않았으면 불가능한 동작이었다.

머리를 땅으로 향한 채 말을 탄 듀라한의 몸높이까지

뛰어오른 키르히는 적을 향해 오른손에 든 도펠 슈트롬의 방아쇠를 당겼다. 폭발한 화약이 배출시킨 납 알갱이들이 듀라한의 등판을 때렸으나 듀라한의 갑옷에는 흔적조차 남지 않았다. 도펠 슈트롬으로 직접 때렸을 때와는 다른 상황이었다.

"제길!"

탄성을 지르며 착지한 키르히는 다시 뛰어올라 공격하려 했다. 그런 그를 향해 살기를 머금은 철구가 오두막을 꿰뚫고 날아들었다.

도펠 슈트롬을 교차하여 철구를 막은 키르히는 충격을 견디지 못하고 뒤로 날아갔다. 땅을 한 바퀴 구른 뒤 다시 일어난 그는 충격으로 찌릿찌릿한 팔의 감각을 즐기듯 씩 웃었다.

"아까 그놈이랑 좀 다르다 이거지?"

그의 뒤에서 굉음이 터졌다. 대기하고 있을 것이라 생각했던 또 다른 듀라한이 말의 앞발로 오두막을 부수며 나타난 것이다. 흩날리는 파편들 뒤로 긴 삼각뿔 모양의 돌격창을 치켜 올리는 듀라한의 모습이 키르히의 벽안에 들어왔다.

'자세가……!'

키르히는 뒤돌아서서 대항하려 했다. 굳이 깊게 생각할 필요도 없이 생존본능만을 따라도 되는 일이었지만 그의 몸은 따라주지 않았다.

코트가 그의 요구를 따라오지 못하고 있었다. 과거에, 정확히 미하엘과의 전투 때 입었던 코트와 지금의 코트는 그 모습과 색깔만 똑같을 뿐, 성능의 차이는 컸다.

어떻게든 몸을 틀어 치명상을 피해보려는 키르히의 눈앞에서 불꽃이 번쩍 튀었다. 폭음을 동반한 초고속의 물체에 왼손에 든 머리를 관통당한 듀라한은 잠시 가만히 있더니 이내 알아듣기 힘든 비명을 지르며 폭발해 그 자리에 쓰러졌다.

위기에서 벗어난 키르히는 일행이 있는 장소를 돌아봤다. 저격에 성공한 알렌이 자신의 카노네 블라트에 새로운 탄환을 장전하고 있었다.

그녀의 곁에 있는 프란츠가 키르히를 향해 크게 외쳤다.

"산탄 말고 리제뉴 철갑탄을 써!"

키르히는 의아했다.

"리제뉴 철갑탄? 정말로?"

"닥치고 써!"

"옙."

프란츠의 살기에 조건반사를 일으킨 키르히는 저항을 멈추고 즉각 도펠 슈트롬의 약실을 열어 리제뉴 철갑탄을 넣었다.

탄두 부분이 정제된 리제늄으로 처리된 그 특수철갑탄은 시더의 두꺼운 각질을 꿰뚫기 위해 설계된 것인데, 주된 재료가 리제늄인 관계로 제조 가격이 구리로 된 일반탄보다 수백 배 비싸고 제조가 어렵기 때문에 지급과 사용이 극히 제한된다.

키르히에게 지급된 리제늄 철갑탄의 수는 마차에 두고 온 것까지 합해 총 20발로서, 앞으로의 여정을 따졌을 때 좀 부족한 면이 있었다. 그런 점 때문에 키르히가 목숨을 무릅쓰고 프란츠에게 의문을 제기한 것이지만 그녀의 살기가 불러온 조건반사로 인해 의문은 금방 의식의 저편으로 사라졌다.

사실 프란츠라고 해서 윽박지르고 싶어 윽박지른 것은 아니었다.

'녀석들을 전부 리제늄 철갑탄으로 제거한다는 건 말이 안 되지.'

그녀가 다시 소리쳤다.

"가능한 한 검을 써! 아무래도 놈들은 정제된 리제늄에 약한 것 같으니까!"

"오, 그래?"

키르히의 얼굴색이 밝아졌다. 그는 총보다는 날이 달린 무기를 더 좋아했다. 총으로 적을 없애는 것은 왠지 남이 차려준 식사를 먹는 것처럼 그저 맛과 포만감만을 얻는, 다시 말해 오로지 결과만을 얻는 게으른 방식이라고 생각하였다.

철구를 든 듀라한과 대검을 든 듀라한이 동시에 키르히를 향해 달려들었다. 검을 든 자가 앞에 서고 철구를 든 자가 뒤에 서는 형태였다. 키르히는 그것이 협공을 위한 것임을 눈치 챘다.

키르히는 전에 없이 긴장했다. 상대는 한꺼번에 쓸어버릴 수 있는 나약한 존재가 아니었다. 하나를 정리하는 것은 쉬웠지만 그사이 다른 하나에게 치명타를 입을 수도 있었다. 대검을 들고 앞장선 듀라한의 자세가 그랬다. 자신이 어떻게 되든 상대를 반드시 잡겠다는 일념이 뚜렷이 보였다.

걱정하는 키르히의 눈앞에 과거의 기억이 반짝 스쳐 지나갔다.

그것은 아주 오래전, 파렌과 나눴던 짧은 대화였다.

"넌 알렌을 뭐라고 생각하지?"

"꿀꿀이."

"……흠, 아무튼 알렌은 널 잘 아는 아이야. 그런 만큼 프란츠가 나에게 해주는 것처럼 알렌도 언젠가 널 위한 마법을 보여줄 거야."

"꿀꿀이가?"

"기회가 오면 실험해 봐. 네가 이름만 불러줘도 알렌은 마법을 부릴 테니까."

그것은 열다섯 살이 되기 전의 기억이었지만 이상하게도 어제오늘의 일처럼 생생하게 키르히의 귀에서 울렸다.

"알렌!"

동료의 이름을 외친 20대의 키르히는 앞서 오는 말의 머리를 향해 왼손의 도펠 슈트룸을 던졌다. 머리 한가운데에 칼날이 전부 들어갈 정도로 깊숙이 꽂혔지만 말은 돌진을 멈추지 않았다.

그에 맞서 뛴 키르히는 말의 머리에 박혀 일각수(一角獸)의 뿔처럼 되어버린 도펠 슈트룸의 칼집을 왼손으로 잡았다. 말의 체중과 속도가 만들어낸 운동에너지가 키르히의 왼팔에 큰 부담을 주었다. 이를 갈며 어느 한순간을 견딘 키르히는 다시 도약하면서 말의 머리에 꽂은 검을 뽑았다.

최초 칼을 던진 순간부터 지금까지 걸린 시간은 불과 2초 내외였다. 불완전한 노스페라투라고 해도 그런 일까지는 가능케 만들어주었다.

도약한 키르히가 도펠 슈트룸을 휘둘렀다. 두 줄의 은색 섬광이 뒤늦게 검을 드는 듀라한의 몸과 머리에 그어졌다. 투구와 갑옷의 틈으로부터 연푸른 연기가 용솟음쳐 키르히의 코트에서 흘러나오는 붉은 아지랑이와 뒤섞였다.

상대를 간단히 조각낸 키르히는 넘어지는 말의 등을 밟고 뛰어올랐다. 철구를 들고 뒤따라오던 듀라한은 이미 키르히에게 철구를 내던지기 직전이었다. 곤충처럼 공중에서 몸을 제어하는 재주가 없는 키르히로선 얻어맞을 수밖에 없는 상황이었다.

팅, 하는 맑은 소리가 철구와 듀라한을 연결시켜 주는 쇠사슬에서 터졌다. 알렌이 저격으로 사슬을 끊어버린 것이다. 원심력이 잔뜩 실린 철구는 이상한 곳으로 날아가 버렸고 대응할 수단을 잃어버린 듀라한에게 키르히의 일격이 꽂혔다. 신성력을 잃고 뭉그러진 듀라한의 갑옷이 마갑(馬甲)과 뒤엉켜 바닥을 굴렀다.

두 조각이 난 투구를 걷어차며 성질을 부린 키르히는 왼팔을 털며 주변을 둘러봤다. 이제 남은 듀라한은 셋이었다. 그 셋은 방금 제거된 듀라한들처럼 키르히 쪽으로 천천히 이동하고 있었다.

'제길, 버틸 수 있을까?'

키르히는 마른침을 삼켰다. 더불어 칼을 쥔 오른손으로 왼쪽 팔뚝을 지그시 눌렀다.

프란츠와 알렌, 데보라는 그의 이상한 자세에 의아해

했다.

"리더, 키르히 오빠가 어디 다친 것 같은데?"

알렌이 걱정 섞인 목소리로 말했다. 그가 부상당할 만한 모습을 보지 못한 프란츠는 아무 말이 없었다.

"아, 왼팔에……!"

데보라가 깜짝 놀라 말했다.

"중사님의 왼팔에 문제가 생긴 것 같군요."

"예?"

"아무래도 방금 전 듀라한의 말을 붙잡을 때 무리하신 것 같군요. 아, 몸을 다치신 건 아닙니다. 노스페라투의 왼팔 부분에 균열이 생긴 겁니다."

그녀의 지적대로 키르히가 손으로 누른 왼팔에서 붉은색의 가루가 흘러내리고 있었다.

"중사님께서 더 이상 싸우시는 것은 어려울 것 같습니다."

"그렇군요."

프란츠는 카샤에게 손짓했다.

"카샤, 네 차례야."

"후후, 본좌에게 맡겨라!"

카샤가 의기양양하게 나가려는 순간, 일행이 있는 숲의 뒤쪽에서 요란한 소리가 들렸다. 모두는 동작을 멈추고 소리가 들린 방향을 돌아봤다. 상당한 숫자의 생물들이 일행이 있는 곳으로 조심조심 접근하고 있었다.

살기나 마력을 전혀 느끼지 못했던 일행은 급히 긴장했다. 카샤는 방향을 바꿨고, 키르히도 듀라한과 일행들을 번갈아 보느라 바빴다.

숲을 헤치고 나타난 것은 카샤의 키만큼이나 커다란 붉은색 호랑이의 머리였다. 호랑이의 모습으로 변한 파우샤였지만 모두는, 심지어 얼음심장에 가까운 프란츠마저도 파우샤의 묵직한 기세에 눌려 꼼짝도 못했다.

"아, 엄마다!"

카샤가 소리친 뒤에야 모두가 한숨을 터뜨리며 안도했다. 파우샤는 한심하다는 듯 머리를 흔들며 숲에서 몸을 뺐다.

"모두 정신을 어디다 팔고 있는 건가?"

"죄송합니다."

사과한 프란츠는 파우샤의 등판에 엎드린 은발의 청년을 보고 또 한 번 놀랐다. 다름 아닌 히스였다. 남색 코트 여기저기에 흙을 잔뜩 묻힌 히스는 부상을 입었는지 통증에 신음하고 있었다.

"히스! 파우샤님, 말씀도 안 하시고 사라지시더니 이게 어떻게 된 일입니까?"

"이상한 느낌 몇 개가 이 친구가 맡은 장소로 가기에 급히 뒤쫓았다네. 가보니 혼자서 가상생명체 셋과 겨루고 있더군. 내가 조금만 늦었으면 큰일이 날 뻔했지. 아, 그리고 데려온 사람은 이 친구만이 아닐세."

파우샤의 뒤를 따라 형형색색의 복장을 입은 마녀들이 우르르 몰려나왔다. 젊은 마녀들도 몇 명 있었지만 대부분이 네벨 또래의 아이들이었다. 그들 모두는 카르멘이 처음 발견됐을 때처럼 심한 두려움에 떨고 있었다.

"이 친구를 좀 내려주겠나? 내 등보다는 땅에 똑바로 눕혀주는 것이 나을 것이네."

"아, 예!"

알렌이 무기를 놓고 급히 일어나 히스를 부축했다. 호랑이의 모습에서 인간의 모습으로 형태를 바꾼 파우샤는 폐허 속에 보이는 세 명의 듀라한들을 보고 인상을 썼다.

"역시, 여기서 느껴진 기적도 가상생명체였군."

그녀가 뭔가 아는 듯한 말을 하자 데보라가 물었다.

"가상생명체라 하시면…… 혹시 듀라한에 대해서 아십니까?"

"여기선 저들을 듀라한이라 부르나 보군. 알긴 알지. 기본원리는 마녀들이 부리는 골렘과 비슷하다네. 아시엔에선 식신(式神)이라고도 부르지. 대체 누가 저들을 만들고 풀어놓은 겐가?"

"신성교단입니다."

프란츠가 대답했다.

"그들이 마녀들의 보물을 노리고 저 괴물들을 풀어놨다고 합니다."

"신성교단? 그렇군. 그들이 있는 곳에 숨어 있었군."

혼자 중얼거린 파우샤는 옆에 서 있는 카샤를 돌아봤다.

"슈이라는 처자가 맡은 장소에도 가상생명체들이 가고 있단다. 이곳은 내가 맡을 터이니 그 처자가 있는 곳은 네가 맡도록 해라."

"알았어, 엄마!"

다시 숲 밖으로 나온 카샤는 깜짝 놀랐다. 듀라한들과 대치하고 있어야 할 키르히가 숲 저편을 향해 뛰어가고 있었기 때문이다.

"아, 키르히! 어딜 가는 거냐!"

"네가 여길 맡아! 난 슈이에게 가보겠어!"

"자, 잠깐! 제멋대로 굴지 마라!"

카샤의 만류에도 불구하고 키르히는 슈이가 있는 숲을 향해 뛰어들어 갔다. 키르히라는 목표를 놓치고 만 듀라한들은 그 자리에 그냥 멍하니 서 있었다.

그 꼴을 똑똑히 본 프란츠는 주먹을 우두둑 쥐었다.

"이 자식이……!"

프란츠의 분노는 진심이었다. 지금처럼 난잡한 상황에서 상관의 지시를 무시하고 행동하는 것은 예의 문제를 떠나 탈영이나 다를 바 없는 가까운 중대한 죄였다.

한편, 데보라는 키르히가 달려간 길을 따라 떨어진 붉은색 가루를 걱정스럽게 바라봤다.

'코트의 손상이 생각보다 심해. 저 상태로 듀라한과 대적하는 것은 무리야!'

그사이 카샤를 목표로 규정한 듀라한들이 말을 몰았다. 키르히 때문에 어쩔 줄을 모르던 카샤는 적들의 거센 말발굽 소리를 듣고 정신을 바짝 조였다.

"주제를 알아라, 건방진 것들!"

카샤가 두 팔을 좌우로 펼쳤다. 카샤의 작은 몸에서 커다란 불꽃이 일어나 꽃봉오리처럼 그녀를 감쌌다. 빛과 함께 열린 불꽃은 금색의 끈으로 변해 카샤의 손에 잡혔다. 끈을 손에 든 카샤는 늘씬한 천요의 모습으로 완전히 바뀌어 있었다.

"화사무쌍, 등장!"

금색의 끈으로 머리를 묶은 카샤는 목에 장신구처럼 걸려 있던 작염검을 떼어 손에 쥐었다. 강렬한 불꽃이 그녀의 손에서 퍼져 나와 거대한 검의 모습으로 탈바꿈했다.

"본좌가 너희들을 상대해 주겠다!"

작염검이 일으킨 폭음이 숲을 쩌렁쩌렁 울렸다.

카사의 작염검이 일으킨 폭음은 일행과 한참 떨어진 곳에 위치한 니콜라의 귀에도 들렸다.

마차의 지붕 위에서 따분한 얼굴로 사탕을 씹던 니콜라는 먹는 것을 멈추고 마차 아래를 봤다. 테르나와 리벨은 숲 안쪽에서 무슨 일이 벌어졌는지 까맣게 모른 채 말싸움을 계속하고 있었다.

'못 미더운 인간들이네. 단지 식량을 소비하기 위해 여기까지 따라온 걸까?'

일어나서 드레스에 묻은 사탕가루를 털어낸 니콜라는 훌쩍 뛰어 마차 아래로 내려왔다. 리벨과의 말다툼에 집중하고 있던 테르나는 트윈테일 머리를 찰랑찰랑 흔들며 숲 저편으로 걸어가는 니콜라를 뒤늦게 목격했다.

"아, 니콜라! 어디 가는 거야?"

"볼일 좀 보러 가요."

"그래? 그럼 주변 잘 살펴봐. 인적이 없는 숲이라도 여자 아이는 조심해야 해, 알았지?"

"알았어요."

대답은 고분고분했지만 니콜라는 고개를 돌리자마자 사나운 표정을 지으며 투덜거렸다.

'그 볼일이 아니라고. 무용지물들 같으니.'

테르나와 리벨의 말다툼이 재개됐다.

"왜 그렇게 완강한 건데? 그때 키르히가 일부러 그런
게 아니라고 계속 얘기해 왔잖아?"

"그걸 예레미스 상사님께서 어찌 아십니까? 당시 제가
느낀 감정은 그렇지 않았습니다! 펙터 중사는 충분히 악
의를 가지고 절 폭행했습니다!"

"폭행이라니, 무슨 소리야? 그냥 부딪쳐서 밀린 것뿐이
잖아?"

"전 그때 무릎을 크게 다쳤단 말입니다!"

"우연이라니까, 우연? 다시 말하지만 리벨, 넌 키르히
에게만은 지나치게 냉정해."

"혹시 제가 정말로 오해하고 있다 하더라도 당장 펙터
중사와 화해할 생각은 없습니다. 전 그자와 맞지 않습니
다."

"아, 정말······."

테르나가 답답하여 자신의 이마를 감싸는 순간이었다.

갑자기 거대한 물체가 숲을 가로질러 그들 옆에 있는
아름드리나무에 충돌했다. 뭔가 얘기를 하려고 했던 테
르나와 뻣뻣한 자세로 얘기를 들으려 했던 리벨 모두 움
찔하여 슬그머니 옆을 돌아봤다. 목이 없는 갑옷덩어리
가 잘못 쓰인 편지처럼 엉망으로 구겨진 채 서서히 얼어
붙고 있었다.

테르나는 하얗게 얼어버린 갑옷덩어리를 멀리서 살펴봤다. 밀착했다가는 자신이 얼어버릴 것 같아서였다.

갑옷의 두께는 성인 남성의 엄지손가락보다 두꺼웠다. 재질이 정확히 무엇인지 가늠하기는 힘들었지만, 만약 일반 강철이라고 예상했을 때 그 무게는 보통 판금갑옷의 두 배 이상, 즉 보통 사람의 몸무게와 맞먹을 정도로 무거울 것이다.

하지만 갑옷의 내부는 텅 비어 있었다. 뭔가 있었던 흔적조차 없었다. 테르나는 눈앞에 놓인 그 육중한 물건이 어떻게 내용물도 없이 움직였을까 하는 의문에 사로잡혔다.

"두 분 모두 여유있으시네요."

니콜라의 목소리에 다시 놀란 테르나와 리벨은 즉시 고개를 돌렸다. 성장한 모습의, 정확히는 천요의 모습을 한 니콜라가 커다란 투구를 왼손에 붙든 채 숲을 빠져나오고 있었다. 그녀가 쥔 투구에선 연푸른색의 연기가 사납게 피어올라 왔다.

"니콜라! 그, 그게 뭐야? 이상한 거 주워 오면 혼나!"

"이거요?"

니콜라는 투구 위에 오른손을 태연히 올렸다.

그때, 남성의 것으로 들리는 거친 비명 소리가 투구로부터 울려 퍼졌다. 이윽고 머리가 없는 갑옷괴물이 마치 굶주린 곰처럼 수풀을 헤치며 니콜라의 뒤편에서 나타났다.

"니콜라!"

테르나가 등에 차고 있던 카노네 블라트를 들어 괴물을 조준했다. 리벨은 그녀보다 한발 늦게 움직였을 뿐만 아니라 전신에서 연푸른 연기를 뿜는 갑옷괴물의 사악한 기세에 당황한 나머지 검을 떨어뜨리기까지 했다.

"별거 아니에요."

니콜라는 덤덤한 표정으로 투구를 눌러 압착시켰다. 그러자 비명 소리가 뚝 끊겼고 그와 동시에 그녀를 위협하던 갑옷괴물은 힘없이 무너졌다.

납작하게 찌부러진 투구를 내던진 니콜라와 멍한 얼굴의 테르나 사이에 긴 침묵이 흘렀다.

"끝난 거야?"

테르나가 조심스럽게 묻자 니콜라는 다시 작은 모습으로 돌아와 대답했다.

"예. 세 마리 모두 잡았어요."

"세 마리? 둘이 아니라?"

"그렇지요. 두 분께선 워낙 중요한 말씀을 나누시느라 미처 느끼지 못하셨나 보네요."

"아, 하하……."

면목이 없어 실소를 터뜨린 테르나는 오른손으로 자신

의 뒷목을 만졌다. 똑같은 이유로 얼굴이 붉어진 리벨은 떨어뜨린 자신의 카노네 블라트를 얼른 주워 등에 걸었다.

"이것들은 대체 뭐야? 혹시 유령이야?"

"일종의 가상생명체예요."

대답을 마친 니콜라는 폴짝 뛰어 마차 위에 올라갔다. 그곳에 두고 온 사탕 봉지 때문이었다. 사탕을 들고 다시 내려온 니콜라는 테르나에게 머리끈 두 개를 건네주었다. 그녀는 천요로 변할 때 카샤와는 반대로 묶었던 머리를 풀어헤친다.

"제 머리 좀 묶어주시겠어요?"

"응? 내가? 정말?"

테르나는 니콜라가 자신에게 처음으로 머리카락을 맡겼다는 사실에 기뻐 물은 것이지만 니콜라의 속은 그렇지 않았다.

"이런 거라도 제대로 해주셔야 밥값이 안 아깝겠지요?"

"……미안."

사과한 테르나는 자못 무서운 눈빛으로 리벨을 노려봤다. 그녀가 원하는 것을 얼른 눈치 챈 리벨은 황급히 마차 안으로 뛰어들어 가 의자 두 개와 머리용 솔을 가지고 나왔다.

앞에 앉힌 니콜라의 머리를 부드럽게 들어 올리던 테르나는 난처함과 부끄러움 때문에 잠시 잊고 있던 사실을 떠올렸다.

"아, 한 가지 물어봐도 돼?"

"두 가지 물어보셔도 돼요."

"……응."

니콜라의 까칠한 반응을 접한 테르나는 왠지 자신이 혼나고 있다는 느낌을 받았다.

"혹시 말인데, 지금 나타난 괴물들이 우리들에게만 나타난 건 아니겠지?"

"당연히 아니죠. 이쪽을 제외하고 총 세 곳으로 흩어진 것 같아요. 세 곳 중에 두 곳은 원숭이와 파우샤님이 정리하셨고, 다른 한 곳은 키르히 주인님께서 처리하기 위해 움직이고 계시죠."

"그래? 키르히 혼자서 저 괴물들을 처리할 수 있을까?"

"그건 니콜라도 몰라요. 다만……."

"다만?"

"니콜라는 키르히 주인님의 시체도 기쁘게 모실 수 있으니 괜찮아요."

"……."

테르나는 자신이 지금 웃어야 하는 것인지, 아니면 무기를 들어 니콜라를 쳐야 하는 것인지 고민했다.

"키, 키르히라면 괜찮을 거야. 그치? 그렇지?"

"그렇다고 해두죠. 하지만 남은 한 곳에 있는 또 다른 한 명은 모르겠네요."

"또 다른 한 명이라니?"

"가상생명체들의 목표는 그 장소에서 정찰 중인 목도리 계집이 분명하거든요."

"뭐? 정찰이라면…… 설마 슈이를 말하는 거야?"

"그 계집의 전투 능력으로는 가상생명체 한 마리를 상대하는 것이 고작일 거예요. 하지만 키르히 주인님의 이동 속도를 따졌을 때 아슬아슬한 차이로 목숨을 건질 수도 있을 것 같네요."

"그래? 그럼 니콜라도 좀 도와주면 안 될까?"

"제가 여길 떠나면 두 분은 어떻게 되는 거죠?"

니콜라가 당돌한 어조로 말했다.

"방금 전에도 이 니콜라가 알아서 나서지 않았다면 구겨져서 나뒹구는 건 저 가상생명체들이 아니라 두 분이셨을 거예요. 저들이 접근하는 것을 느끼신 분, 혹시 계신가요? 계시다면 두 분께서 적어도 도망이라도 칠 수 있다는 뜻이니 저도 마음 편히 목도리 계집을 구하러 갈 수 있겠죠."

간단히 말해서 죽기 싫으면 가만히 있으라는 소리였다.

테르나는 분명 듀라한의 접근을 눈치 채지 못했다. 리벨도 마찬가지였다. 니콜라가 떠난 후엔 분명 정신을 집중하겠지만 다시 듀라한이 나타났을 때 목숨을 부지할 수 있을지는 미지수였다.

"우린 괜찮을 거야. 아니, 대응할 수 있어."

테르나가 자신있게 말했다. 리벨은 안색이 변했고 니콜라도 속으로 적잖이 놀랐다.

"가상생명체를 얕잡아보시는 건가요?"

"아냐, 정말 할 수 있다니까? 그러니까 니콜라는 어서 슈이를 구하러 가 줘. 여긴 우리가 지킬게."

"……그러죠."

니콜라는 들고 있던 사탕 봉지와 테르나에게 줬던 머리끈을 교환했다.

니콜라가 싸늘한 냉기를 남기고 사라진 뒤, 리벨은 당장 테르나 앞에 서서 방금 전의 상황을 추궁했다.

"대응할 수 있다니, 무슨 말씀이십니까? 우린 저 가상생명체라는 존재와 전투를 해본 경험이 없습니다! 그리고 이곳엔 우리가 앞으로 사용할 모든 것이 있습니다! 그걸 포기하실 생각이십니까? 아마 특무상사님께서 계셨다면 다른 결정을 내리셨을 겁니다!"

"그 얘기를 왜 지금 하는 건데? 해결책을 갖고 있으니까 따지는 거겠지?"

테르나가 역공으로 나오자 할 말을 잃은 리벨은 입을
다물었다.

"아직도 모르겠어? 파렌은 이곳에 없어! 우리가 작전을
짜고, 우리가 해결책을 내놔야 해! 책임도 우리가 져야 하
고! 일행의 누군가가 자신과 안 맞는다는 이유로 멋대로
구는 건 같이 죽자는 소리와 마찬가지란 말이야!"

키르히와 자신에 대한 이야기임을 느낀 리벨은 자제력
을 잃고 말문을 열었다.

"하지만 펙터 중사는……!"

"그래서, 키르히가 너랑 함께 있는 걸 거부한 적이 있
어? 걔는 입만 나불거렸지 너처럼 도망친 적은 단 한 번
도 없었어!"

확실히 그랬다. 다시 할 말을 잃은 리벨은 풀이 죽은 목
소리로 말했다.

"알겠습니다."

❖

슈이가 처한 상황은 다른 일행들이 생각하는 것보다
더 위험했다.

그녀가 가진 무기 중 가장 강력한 축에 드는 폭파단검
은 듀라한에게 전혀 통하지 않았고 독침은 계란으로 바

위를 치는 것만큼 의미가 없었다. 연막이나 섬광탄 등의 교란용 무기 역시 마찬가지로 효과를 발휘하지 못했다.

그녀가 가진 정제된 리제늄 무기는 백병 전용으로 설계된 중형 단검뿐인데, 슈이는 현재 정제된 리제늄이 듀라한에게 통한다는 사실을 모를뿐더러 철저히 조직적으로 움직이는 듀라한들 틈을 그녀 혼자 파고든다는 것은 무리였다.

그녀가 할 수 있는 일은 짐승처럼 나무와 나무 사이를 뛰며 도망치는 것뿐이었다.

그녀는 자신을 바짝 추격하는 세 명의 듀라한을 안타깝게 돌아봤다.

'따돌릴 수가 없어.'

듀라한이 탄 말은 거대했지만 기동성과 저돌성은 경이적인 수준이었다. 복잡하게 뒤얽힌 나무들의 틈을 바람처럼 겁없이 통과할 뿐만 아니라 통과할 수 없는 틈이 보이면 마치 잔디를 밟듯 몸으로 아름드리나무를 밀어 꺾었다.

물론 그런 괴물들에게 따라잡히지 않고 뛰는 슈이도 대단한 능력자였다. 땅을 밟지 않고 숲을 통과하는 재주와 맨손으로 암벽을 등반하는 재주는 그녀가 프란츠에게 가장 확실히 배운 항목들이었다.

그녀의 날다람쥐 같은 움직임을 묵묵히 살피던 선두의

듀라한이 오른손에 든 돌격창을 앞으로 뻗었다. 철구를 든 듀라한은 그 신호를 읽고 철구를 마구 돌리기 시작했다. 이에 철구의 궤도 내에 위치한 나무들이 마구 터지고 부러졌다.

'뭐 하는 거지?'

슈이가 의문을 품는 순간, 철구가 슈이의 발밑을 지나 전방에 위치한 나무 하나를 때렸다. 슈이는 철구에 달린 쇠사슬이 갑자기 늘어난 것에 놀랐으나 진짜 문제는 그 다음이었다. 철구에 맞아 쓰러진 나무는 그녀가 다음에 밟을 예정이었던 나무였다.

도약 거리에 맞는 나무를 찾지 못한 슈이는 결국 땅에 착지하고 말았다. 무리한 착지로 인해 다리에 부담이 간 슈이는 그만 주저앉았고 세 명의 듀라한은 일제히 무기를 들고 그녀를 향해 달려들었다.

그녀가 어떻게든 저항하기 위해 단검을 빼 드는 순간, 뒤편에서 큰 목소리가 터졌다.

"엎드려!"

반사적으로 엎드린 슈이의 머리 위로 은색의 리제늄 탄환이 날아갔다. 탄환은 듀라한의 돌격창을 스쳤고 중간 부분이 깨진 창은 불에 닿은 양초처럼 흐물흐물 녹아내렸다.

창을 버린 듀라한은 장검을 빼 들었다. 그리고는 뒤편

으로 빠지자 대검과 철구를 든 듀라한이 앞으로 나섰다.

그사이 총을 쏜 장본인이 슈이 옆에서 멈췄다. 땀으로 얼굴과 머리카락이 흠뻑 젖은 키르히가 숨을 심하게 몰아쉬었다.

"키르!"

"남의 이름…… 그렇게…… 부르지 말랬지!"

여느 때처럼 따진 키르히는 숨이 모자랐는지 기침을 심하게 했다. 키르히가 뭘 해도 예쁘게 보이는 입장인 슈이에겐 그 기침 소리가 그렇게 감동적일 수가 없었다. 일단 자신을 구하기 위한 행동에서 비롯된 생리현상이니까.

키르히를 본 듀라한들은 조금 물러나는가 싶더니 진형을 다시 짰다. 대검을 든 듀라한이 앞으로, 철구를 든 듀라한이 중앙에, 장검을 든 듀라한이 마지막에 위치하는 일자대형이었다.

키르히에겐 익숙한 모습이었다. 이곳에 오기 전에 그를 아슬아슬하게 괴롭혔던 것이 바로 그 일자진형이었다.

"이거 정말 귀찮은 놈들이네."

숨을 좀 진정시킨 키르히는 다리의 아픔이 가셨는지 천천히 일어나 싸울 준비를 하는 슈이를 흘끔 봤다.

"너, 알렌처럼 할 수 있어?"

그의 질문에 슈이가 깜짝 놀랐다. 심각해진 얼굴을 목도리에 묻은 채 잠시 생각한 그녀는 고개를 들고는 서글픈 목소리로 말했다.

"날 다른 여자와 비교하는 건 싫어."

그 말을 들은 키르히는 뒤통수를 맞은 표정을 지었다.

"상황 파악 안 하실래요?"

틈을 본 듀라한들이 우악스럽게 달려들었다. 키르히와 슈이는 좌우로 바삐 몸을 날려 그들의 공격을 가까스로 피했다.

숲은 아침에 내린 서리로 축축했다. 반쯤 썩은 나뭇잎과 물기를 머금은 검은색의 흙이 땅으로 몸을 던진 키르히의 코트와 머리카락에 끈끈히 달라붙었다.

즉시 일어난 키르히는 저편에서 엉거주춤 일어나는 슈이를 찡그린 얼굴로 바라봤다. 짜증이 그의 얼굴을 더욱 일그러뜨렸다. 그녀의 독특한 말투 때문이 아니라 그녀의 부상 여부 때문이었다. 실제로 그녀의 왼쪽 발목은 아예 움직이지 못할 정도는 아니었지만 과격한 동작은, 특히 공중 동작은 무리였다.

기동력을 잃은 슈이는 그저 짐일 뿐이다. 그렇게 단정 지으려고 했던 키르히의 의식 저편에서 또다시 파렌의 목소리가 들려왔다.

"생각해 보니 네가 슈이와 단둘이 전투를 한 경험은 몇 번 없는 것 같군. 슈이의 행동양식은 프란츠와 비슷하지만 능력적인 면에선 좀 부족하지. 그러나 단 하나, 투척 능력만큼은 프란츠와 맞먹거나 더 나을 수도 있어. 어깨 하나는 타고났거든."

떠나기 전에 들었던 조언 중 하나를 기억해 낸 키르히는 어느새 입 안에 고인 침을 꿀꺽 삼키며 듀라한들을 봤다. 저 멀리 달려나갔던 듀라한들이 방향을 바꾸고 천천히 달리며 진형을 다시 짜고 있었다.

더 이상 생각할 여유는 없었다. 키르히는 듀라한들에게 시선을 고정한 채 왼손에 든 도펠 슈트롬을 칼집에 넣었다.

울상이 된 채 서 있던 슈이가 깜짝 놀랐다. 키르히는 오른손에 든 칼자루로 자신의 왼팔을 한차례 찍은 뒤 왼손으로 몇 가지 수신호를 빠르게 보냈다. 키르히가 스스로 판단을 내려 신호를 보내는 것은 슈이에게 있어서 처음이었다.

슈이는 그가 자신만을 위해 수신호를 만들고 보냈다는 사실에 너무 기뻐서 눈물이 날 지경이었지만 키르히의 표정을 보고 감정을 드러내지 않았다. 지금의 키르히는 평소의 그가 아닌, 그들의 리더인 파렌에 가까운 냉정한 얼굴이었다.

키르히가 보낸 신호의 뜻은 '지금 자신이 왼팔을 쓰지 못하니 그것을 인지하여 선두에 위치한 적과 가운데에 위치한 적을 시간 차로 공격하라'였다. 단검 투척으로 공격하라는 신호가 빠졌지만 슈이는 알아서 그 부분을 보충했다.

듀라한들이 속도를 높였다. 키르히는 심호흡을 크게 한 후 그들을 향해 달려갔다.

절뚝거리며 위치로 나온 슈이는 단검을 던질 준비를 했다. 그녀가 프란츠에게 제대로 배우지 못한 기술이 바로 단검 투척인데, 이유는 공교롭게도 투척 기술을 배울 무렵 프란츠가 부대를 옮겼기 때문이다.

슈이는 자신의 신체 능력과 감각이 프란츠보다 떨어지며, 그 차이는 쉽게 좁혀지지 않을 것임을 일찌감치 깨달았다. 그래서 투척 기술 하나만큼은 개인적으로 훈련했는데, 몇 년간 고생한 끝에 그녀는 자신의 신체 조건에 맞는 투척 방법을 완성하기에 이르렀다.

그녀는 단검을 든 오른손을 아래로 늘어뜨리며 다친 왼쪽 다리를 높게 들었다. 옆으로 한껏 돌아간 허리가 마치 활시위처럼 팽팽했다. 그것이 원거리 투척의 사정거리와 정확도를 높이기 위한 그녀만의 투척 자세였다.

들었던 왼발로 땅을 밟으며 던진 단검이 숲의 습한 공기를 꿰뚫고 날아갔다. 첫 번째 단검이 대검을 들고 선두에 선 듀라한의 투구에 정확히 박혔다. 슈이가 듀라한에 대해 뭔가를 알고 그곳을 노린 것은 아니었다. 말 그대로 운이 좋은 상황이었다.

리제뉴 칼날이 투구를 뚫고 안으로 들어가자 듀라한이 비명을 지르며 넘어졌다. 그 틈을 타고 키르히가 높이 도약했다. 노스페라투의 손상 탓인지 키르히는 뛰는 데 큰 부담을 느꼈지만 지금은 그런 것을 가릴 때가 아니었다.

철구를 든 듀라한이 기다렸다는 듯 철구를 던졌다. 그렇게 나올 것을 예상한 키르히는 도펠 슈트롬으로 철구를 받아쳤다. 철구의 위력 때문에 키르히는 공중으로 붕 떠버렸다. 노스페라투가 고장난 탓에 급한 상승과 하강에 따른 멀미를 견디지 못한 키르히는 토할 것 같은 기분을 악으로 참으며 몸을 돌렸다.

붕 뜬 키르히를 향해 장검을 든 듀라한이 무서운 기세로 달려왔다. 절묘한 호흡을 넘어 의식을 공유하기 때문에 가능하다고밖에는 볼 수 없는 연계공격이었다. 장검이 그를 꿰기 직전, 키르히가 도펠 슈트롬의 방아쇠를 당겼다. 터져 나간 탄환이 장검을 부수고 듀라한의 투구를 뭉갰다.

철구를 든 듀라한이 착지하려는 키르히를 공격하려는

순간 슈이의 남은 단검이 날카롭게 날아왔다. 키르히는 거기서 끝나겠거니 했으나 결과는 그렇지 않았다. 단검 은 듀라한의 어깨갑옷에 박히기만 했을 뿐, 치명상을 입 히진 못했다. 왼쪽 발목에 입은 부상 때문에 단검의 정확 도가 떨어진 것이다.

중심을 잃고 주저앉은 슈이는 아예 숨도 쉬지 못했다. 그녀는 자신이 저지른 실수로 인해 키르히가 다치거나 죽지 않을까 하는 두려움으로 인해 심장이 터질 지경이 었다.

그때, 키르히의 옷에서 붉은 아지랑이가 폭발하듯 퍼 졌다. 키르히는 일순간 증가한 노스페라투의 힘을 이용 해 듀라한을 후려쳤다. 듀라한의 상체와 말의 두꺼운 목 이 몸에서 떨어져 공중으로 튀어 올랐다.

힘을 잃은 말은 주인과 함께 바람 빠진 풍선처럼 주저 앉았다. 동시에 공중으로 뜬 듀라한의 몸과 말의 목이 땅 에 떨어졌다.

"빌어먹을!"

듀라한의 투구를 발로 밟아 납작하게 만든 키르히는 성질을 주체하지 못하고 투구를 멀리 걷어찼다. 그가 입 은 노스페라투는 힘을 완전히 잃은 듯 하얗게 탈색되어 있었다.

슈이가 창백해진 얼굴로 절뚝거리며 다가왔다.

"키르, 괜찮아?"

"히를 왜 안 붙이는 거야, 히! 내가 애완동물이야? 누가 날 너만의 이름으로 예쁘게 부르래?"

본래의 키르히로 완전히 돌아온 그는 평소보다 더 사납게 열을 냈다.

"마지막에 던진 건 또 뭐야? 하마터면 내가 죽을 뻔했잖아! 제길, 옷이 또 망가져 버렸다고!"

"옷이?"

"하얗게 물 빠진 거 안 보여? 혹시나 하는 상황에 쓰려고 힘을 아껴놨던 거란 말이야!"

슈이는 당황했다.

"아, 알았어. 내가 색칠해 줄게. 나 색칠 잘해."

"이 옷이 무슨 도화지인 줄 알아? 뻘겋게 색칠해서 끝날 문제로 보여?"

키르히가 스스로의 가슴팍을 검지로 마구 찌르며 따지자 슈이는 숨어버리듯 목도리에 얼굴을 깊숙이 묻었다.

"아, 하여간 맘에 안 들어."

투덜거리며 슈이 앞으로 다가온 키르히는 돌아서서 자세를 낮췄다. 슈이는 앞에 보이는 그의 등판을 목도리 너머로 가만히 바라봤다.

"뭐 하는 거야?"

"업히라고. 너 그냥 데려갔다가는 히스 녀석이 날 몰래 죽이려고 들걸?"

"……."

"싫으면 관둬. 나야 좋지."

"아, 아니야."

슈이의 두 팔이 키르히의 목을 감쌌다. 그녀의 무릎 아래에 팔을 단단히 끼고 일어난 키르히는 듀라한의 갑옷 속에서 뒹구는 슈이의 단검들을 회수한 뒤 동료들이 있는 곳을 향해 묵직한 발걸음을 옮겼다.

장비의 무게 때문인지 슈이의 몸무게는 단련된 키르히에게도 만만치 않게 느껴졌다. 하지만 그는 묵묵히 걷기만 할 뿐, 불만을 토하진 않았다. 슈이는 지금의 분위기가 너무 좋았는지 행복한 미소를 지우지 못했다.

그런데 키르히가 너무 말이 없자 슈이의 안색이 천천히 변했다.

"무슨 걱정이라도 있어?"

"아, 좀 있다가 죽을 것 같거든."

슈이가 놀라 들썩했다.

"왜? 다친 거야?"

"아냐."

"그럼 내가 죽을 정도로 무거운 거야?"

"아니라니까? 얘가 또 이상한 말을 하네?"

짜증을 낸 키르히는 한숨을 쉬었다.

"나, 프란츠 누나의 명령을 무시하고 여기로 달려온 거
야."

"……정말 죽는 일만 남은 거네."

프란츠의 성격을 잘 아는 슈이로선 정말 그것밖엔 해
줄 수 있는 말이 없었다.

그들이 가는 길 앞에 니콜라가 불쑥 나타났다. 하얀 냉
기를 몰고 나타난 그녀의 기세 때문에 키르히는 깜짝 놀
라 걸음을 멈췄다.

"어라? 네가 왜 여기 있어? 테르나랑 리벨은 어쩌고?"

"두 분이 저를 여기로 보내셨어요. 아직 안 죽으셨네
요?"

"안 죽어서 미안하네."

어이없다는 투로 투덜거린 키르히는 시선을 다른 곳으
로 돌렸다.

니콜라는 키르히에게 업힌 슈이를 찌릿 노려봤다.

"그런데 주인님, 등에 지고 계신 그 계집은 뭔가요?"

"발목을 다쳤거든."

"부상당했다 이 말씀이시죠?"

"그렇지."

"큰일이군요."

키르히는 니콜라가 뜻밖에 인간적인 말을 한다고 생각
했다. 그러나 그녀의 말은 아직 끝난 게 아니었다.

"놓고 가시면 소녀가 알아서 처리해 드릴게요."

"……처리라니?"

"자고로 발목이 부러진 인간은 편히 눈감을 수 있도록 해주는 게 예의지요."

대답한 니콜라의 오른손에 새파란 냉기가 응축됐다.

키르히는 어이가 없었다.

"그건 전투마나 경주마에게나 해당되는 얘기야. 이상한 소리 하지 말고 애 발목에 얼음찜질이나 해줘."

"그러지요."

"얼려서 발목을 쪼갤 생각은 버려."

"……쳇."

쓴소리를 낸 니콜라는 키르히를 따라가며 슈이의 다친 왼쪽 발목에 냉기를 뿌려주었다.

이윽고 동료들이 있는 곳으로 돌아온 키르히는 팔짱을 낀 채 자신을 기다리고 있는 프란츠를 보고 마음의 준비를 했다. 프란츠가 미리 약을 쳐둔 상황인지 카샤와 네벨, 데보라, 알렌 모두 쭈뼛거리기만 할 뿐, 감히 그녀에게 말도 건네지 못했다.

슈이를 알렌에게 맡긴 키르히는 뻣뻣한 자세로 프란츠 앞에 섰다. 프란츠는 팔짱을 풀며 냉랭한 목소리로 말했다.

"네가 무슨 짓을 했는지 잘 알고 있겠지?"

"응."

"옷 색이 변했네?"

"마지막에 힘을 다 써버렸거든."

"아, 마침 잘됐군."

프란츠의 주먹이 키르히의 명치 바로 아래에 꽂혔다. 통증이 키르히의 복근을 지나 등까지 파고들었다. 다른 사람들의 눈에는 프란츠가 살살 친 것처럼 보였지만 키르히가 실제로 느끼는 통증은 큰 말뚝으로 찌르는 수준이었다. 명치에 제대로 맞았다면 최소한 호흡곤란에 빠졌을 것이다.

통증을 이기지 못해 기침까지 크게 한 키르히는 몸을 잠시 숙였다가 다시 차려 자세로 돌아왔다.

"옷이 멀쩡했다면 내 주먹이 다쳤겠지. 오래간만에 나에게 맞아보니 기분이 어때?"

"할 말 없어."

"그럼 얘기가 빠르겠군."

프란츠가 물었다.

"내가 슈이를 포기할 것 같아서 마음대로 행동했나?"

"아니."

"넌 내가 파렌이었어도 그렇게 행동했을까?"

키르히는 대답하지 못했다. 프란츠는 우물쭈물하는 그를 더욱 무섭게 노려봤다.

"넌 문제가 누구에게 있다고 생각하지? 너? 아니면 널 컨트롤하지 못한 나?"

"내가 문제인 게 당연하잖아?"

그가 반항하듯이 대답하는 순간 키르히의 복부에 주먹이 다시 박혔다. 말하는 도중에 맞아버린 키르히는 숙인 몸을 펴지 못했다.

"멋대로 지껄이는군."

프란츠는 오른손을 뻗어 키르히의 머리를 잡았다. 지켜보던 일행들은 결국 피를 본다는 생각에 안타까운 표정을 짓거나 손으로 눈을 가렸다. 하지만 프란츠는 강아지를 다루듯 그의 머리를 슬슬 만져 주었다.

"난 무슨 짓을 해도 파렌을 대신할 수 없어. 그리고 너희들도 날 그렇게 생각하고 있지. 그렇다고 비난하는 건 아니야."

"……"

"혹시 절름발이 부대라는 말, 들어본 적 있나?"

절름발이 부대는 크로이츠 부대의 옛 별칭으로서 바란투로스 내의 다른 군부대들이 크로이츠를 폄하하기 위해 만든 악명이다.

크로이츠는 다른 부대와 달리 작전 현장에 투입되는 위관 급 인사가 없다. 부대에 소속된 위관은 분명 있지만 그들은 폴스켄 시몬스의 개인 집무실에서 오로지 행정

업무만 볼 뿐, 회식 자리처럼 전투와 관련이 없는 행사가
아니면 부대원들과 만나지도 못한다.

크로이츠가 그렇게 비정상적으로 편성된 이유는 바로
호엔 3세의 특별한 배려 덕분이다. 부대의 2인자인 파렌
의 직급은 상사보다 한 단계 높은 특무상사지만 실제 위
치와 권한은 다른 부대의 대위 계급과 동일하다.

바란투로스의 군법상 위관 급 군인은 부대의 현장지휘
뿐만 아니라 행정 업무까지 반드시 맡아야 하는데, 작전
과 관련된 모든 사항을 도맡다시피 한 파렌이 행정 업무
까지 맡는 것은 무리이기 때문에 호엔 3세는 '파렌을 대
신할 현장지휘관이 나타날 때까지' 라는 단서를 달아 지
금과 같은 체계를 한시적으로 허락했다. 물론 그 체계는
수년이 지난 지금까지도 유지되고 있다.

절름발이 부대라는 이름은 바로 그런 비정상적인 체계
에서 비롯되었는데, 그런 크로이츠가 불가사의에 가까운
전적들을 계속 쌓아나가면서 그 이름은 자연스레 사라지
게 됐다.

그 이름을 어렵게 기억해 낸 키르히는 자신의 머리에
서 손을 떼는 프란츠를 묵묵히 바라봤다.

"예전에 그 말을 처음 들었을 때 난 얼마 못 가서 조용
해질 거라고 생각했어. 파렌과 너희들이라면 분명 성공
할 거라고 믿었으니까. 그런데 지금은 아니야. 우리가 알

아서 절뚝거리고 있거든."

프란츠는 어깨를 으쓱했다.

"본래 군법대로, 그리고 내 방식대로 하자면 널 여기에 묻어버리거나 아이젠발트로 돌려보내는 게 맞겠지. 하지만 지금은 모두가 변하지 않으면 안 돼. 일단 나부터 바꿔보기로 했어. 네가 슈이를 구하기 위해 움직인 일은 적절한 판단이었다고 해두지. 방금 전의 처벌은 그냥 개인적인 아쉬움에서 나온 행동이라고 생각해 둬."

키르히는 난감해했지만 프란츠가 방금 꺼낸 말의 의미를 알기에 고개를 끄덕였다.

프란츠는 옆에서 자신을 지켜보는 니콜라에게 눈을 돌렸다.

"넌 테르나와 리벨에게 마차를 몰고 이쪽으로 오라고 전해. 호위도 부탁해."

"알았어요."

니콜라를 보낸 프란츠는 슈이의 상태를 알아보기 위해 그녀 쪽으로 걸어갔다. 키르히는 배를 만지며 그녀를 따라갔다.

변하지 않으면 안 된다. 프란츠가 남긴 그 말이 키르히의 머릿속에 깊숙이 남아 그의 마음을 무겁게 했다.

Chapter 17 단역배우

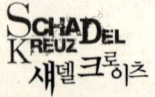

역전체의 침공. 그리고 경험도, 명성도 없는 에스톨 왕자의 갑작스런 섭정. 그 두 가지 사건으로 인해 바란투로스의 권력층은 크게 흔들리고 있었다.

사실과 거짓이 뒤섞인 흉흉한 정보는 크고 작은 모임을 통해 급속도로 번졌고 아이젠발트의 지하에선 애국심과 기회에 사로잡힌 자들에 의해 쿠데타, 망명, 호엔 3세의 복권, 에스톨 왕자의 빠른 왕위 계승 등의 계획들이 무수히 만들어졌다.

하지만 정작 그 모든 일과 가장 밀접한 인물인 파렌은 평소와 다름없는 시간에 일어나 간단한 운동으로 몸을 풀고 자신보다 늦게 일어나는 하인까지 잊지 않고 깨웠다. 나라가 돌아가는 상황을 모르는 사람이라면 자기관리를 잘하는 청년이라며 칭찬했겠지만 상황을 잘 아는 사람, 특히 폴스켄 시몬스는 자기 집에 처박힌 채 엄지손톱을 입에서 떼지 못하고 있었다.

프란츠 일행이 아이젠발트를 떠난 지 6일째 되는 날, 아침 설거지를 마치고 거실을 청소하던 하이디는 크로이츠 코트를 단정히 차려입고 나오는 주인의 모습에 깜짝 놀랐다.

"주인님, 출타하시나요?"

"그렇소. 점심 전에 돌아올 것이오. 손님들과 함께 올 것이니 점심식사는 3인분을 준비해 주시오. 아, 혹시 시몬스 대령님께서 오시면 좋은 말로 돌려보내 드리도록 하시오."

"대령님께서 정말 오실까요?"

하인의 걱정에 파렌은 대답에 앞서 창밖을 봤다.

"오실 것이오. 오늘은 눈이 안 오니까."

"예?"

하이디는 며칠 만에 눈이 그친 맑은 창밖을 보며 고개를 한쪽으로 기울였다.

저택을 나선 파렌은 대문 밖에 미리 대기하고 있던 커다란 남자와 만났다. 그의 부하인 오스틴 아몬이었다.

"나오셨습니까, 리더?"

"추운데 기다리게 했군."

"아닙니다."

파렌은 착한 눈매의 오스틴을 보며 싱겁게 웃었다.

"괜찮나?"

"다 나았습니다. 재활훈련도 마무리 단계입니다."

오스틴은 오른손 주먹으로 자신의 철판 같은 가슴을 두드렸다. 그러자 파렌은 시선을 다른 곳으로 돌리며 난감한 표정을 지었다.

"아, 부모님께 허락을 받았냐는 질문이라네."

"무, 물론입니다."

한편에서 효자라고 불리는 오스틴의 얼굴이 붉어졌다.

"리더, 오늘부터 움직이실 생각이십니까?"

그의 질문에 파렌은 의아해했다.

"움직이다니?"

"예? 그러니까 왕자님과 관련된……."

"음…… 일단 걷지."

"아, 예. 알겠습니다."

오스틴은 파렌의 옆을 조용히 따라갔다.

둘은 하이네스 강변에 마련된 산책로를 따라 걸으며 시간을 보냈다. 오스틴은 말없이 걷기만 하는 파렌을 기다리는 마음으로 살펴봤으나 파렌은 돌로 된 인형처럼 말이 없었다.

인적이 드문 길을 지날 무렵, 파렌이 입을 열었다.

"자네는 에스톨 왕자가 이 나라의 앞날을 방해할지도 모를 존재라고 생각하나?"

"아닙니까?"

오스틴의 순진한 목소리를 들은 파렌은 씩 웃었다.

"에스톨 왕자는 근본적으로 나쁜 사람이 아니야. 그분은 누군가를 직간접적으로 죽인 일이 없어. 다만 쫓아냈을 뿐이지."

그는 조금 작은 목소리로 말했다.

"부속을 갈아 끼우는 식의 방법으로 해결될 일은 따로 있어. 역전체라는 확실한 위협이 존재하는 이상 국가 내에서 소모전을 치르면 안 돼. 만약 누군가가 에스톨 왕자를 노린 쿠데타를 계획한다면, 우린 그들을 응원하는 게 아니라 그들의 목을 쳐야 해. 내분은 적들이 가장 좋아할 일 중에 하나니까."

"그렇군요."

오스틴이 말했다.

"하지만 에스톨 왕자님께서 부정적인 방법을 이용해 권력을 잡으신 것은 사실이지 않습니까?"

"그렇지. 너무 절묘한 시기에 일이 터졌어."

"예?"

다른 의도로 질문했던 오스틴은 다시 혼란에 빠졌다.

"그럼 역시 제3자가 개입한 일입니까?"

"글쎄? 우연일 수도 있고."

오스틴은 파렌이 왠지 결정적인 대답을 회피하고 있다는 느낌을 받았다. 왕자에 대해 더 물어봤자 좋은 대답을 듣기 어려울 것이라 판단한 그는 다른 쪽으로 말을 돌렸다.

"그런데 왜 저를 곁에 두려고 하신 겁니까? 저보다는 키르히 형이나 프란츠 누님이 더 낫지 않을까요? 테르나 누님도 괜찮으신데……."

"셋은 날 너무 좋아해. 그래서 이번 일엔 맞지 않아."

"예?"

"20년 전이었나? 어떤 정신병리학 학자가 사랑과 증오의 관계에 대한 가설을 내놨지. 그는 사랑, 즉 어떤 존재에 대한 갈망이 너무 깊으면 오히려 독한 증오심으로 바뀐다고 말했네. 난 그의 가설이 일리가 있다고 봐. 키르히와 테르나, 그리고 프란츠의 공통점은 나에 대한 맹목적인 면이야. 물론 좋은 점도 있지만 이제부터 내가 할 일과는 맞지 않아. 걸림돌을 넘어서서 역으로 적이 될 수도 있어."

"예? 하지만 저도 다른 사람들만큼 리더를 믿습니다."

"알고 있어. 항상 고맙게 생각해. 그런데 자네의 믿음은 그 셋의 믿음과는 그 본질이 달라. 자네의 믿음은 이성적인 믿음에 가깝지."

"그렇군요."

대답과 달리 파렌의 말을 완전히 이해하지 못한 오스틴은 가운데에 보조개가 들어간 턱을 만지며 고개를 갸웃했다.

"아무튼 알겠습니다. 최선을 다해 리더를 돕겠습니다."

"고맙네."

국가와 호엔 3세, 그리고 파렌에 대한 충성을 다지던 오스틴의 머릿속에 문득 의문이 떠올랐다.

"그런데 외박 조치로 인해 장비를 쓸 수 없는 상황이라 좀 난감하군요. 갑옷은 몰라도 무기만은 어떻게 확보하고 싶은데……."

"무기? 왜?"

"일이 일이니만큼 리더께서 습격당하실 수도 있지 않겠습니까?"

"그렇지. 하지만 자네가 걱정하지 않아도 괜찮아. 보디가드 한 명을 고용할 생각이거든. 외박 중에 군용 장비를 쓸 수 없다는 사항은 있어도 무기를 든 사람을 고용하지 말라는 법은 없으니까."

"아, 그렇군요. 그럼 어떤 분이십니까?"

오스틴은 파렌이 고용할 정도의 실력자가 과연 누구인지 궁금했다. 키르히나 프란츠처럼 쟁쟁한 실력자들만 다뤄온 그에게 어설픈 거리의 해결사들이 눈에 찰 리가 없기 때문이었다.

"아레스라는 이름, 들어본 적 있나?"

"아레스라…… 아, 아레스?"

오스틴이 깜짝 놀라 다시 물었다.

"설마 서부 지역의 용병왕, 붉은 장발의 사신이라 불리는 그 아레스를 말씀하시는 겁니까?"

"맞아. 운이 좋았지. 다만 몸값이 터무니없이 비싸더군."

파렌은 조금 불만이 섞인 투로 중얼거렸지만 오스틴은 살아 있는 전설과 마주하게 된다는 사실에 몹시 설렌 듯 미소를 만들고 지우길 반복했다.

걷고 걸어 바란투로스 국립공원으로 간 파렌과 오스틴은 공원 입구에 세워진 작은 시계탑 밑에서 거닐고 있는 한 남자를 목격했다.

그는 확실히 눈에 띄는 외모의 소유자였다. 그의 명주실처럼 희고 풍성한 장발은 파렌의 검고 단정한 머리와 정면으로 대치되었다. 후두부 위쪽으로 한차례 모아 묶어 정돈하긴 했지만 무게를 견디지 못하고 내려온 머리채는 거대한 마수의 꼬리처럼 거칠게 너울거렸다.

그가 걸친 쉬드람 풍의 검은색 망토는 어깨 전체를 덮을 정도로 크고 두꺼운 후드 탓에 마치 갑옷처럼 보였다. 망토의 두께 탓도 있겠지만 망토 하나만 걸쳤는데도 상체가 돋보이는 것은 기본 체형이 워낙 탄탄하다는 증거이기도 했다.

백발과 검은 망토 사이로 적갈색의 피부가 보였다. 길게 내린 앞머리 밑으로 어렴풋이 보이는 얼굴은 이국적인 섬세함과 남성미를 동시에 품고 있었다.

그가 오른손을 살짝 들어 파렌에게 아는 척을 했다. 파렌은 고개를 끄덕여 첫인사를 대신했다.

오스틴은 숨을 진정시켰다.

'저 남자가 아레스로군.'

이윽고, 상대와 대면한 파렌은 먼저 그가 자기 또래라는 사실에 놀랐고 그의 하얀 장발에 다시금 놀랐다.

"붉은색이 아니구려."

"아…… 하하."

남자는 파렌이 인사 대신 건넨 말에 자신의 머리카락을 만지며 묘하게 웃었다. 그 미소 속엔 약간의 지겨움이 섞여 있었다.

"그냥 별명일 뿐이오. 보다시피 피가 묻으면 바로 드러나는 머리색이라 그렇소."

"아무튼 반갑소. 파렌 콘스탄이라 하오."

파렌이 오른손을 내밀었다.

"아레스요."

그 남자, 아레스도 손을 내밀어 악수했다. 손가락이 없는 검은색 가죽장갑과 두꺼운 가죽끈을 둘둘 말아 만든 팔 보호대가 파렌에게 깊은 인상을 심어주었다.

아레스의 머리색과 피부색, 그리고 체형을 유심히 보던 파렌이 슬며시 물었다.

"혹시 트리니쉬요?"

파렌만큼이나 잘생긴 아레스의 표정이 살짝 일그러졌다.

"당신, 순혈주의자였소?"

"아, 불쾌했다면 사과하겠소. 앞으로는 그에 대해 거론하지 않음을 약속하리다."

"알았소. 그보다 약속한 돈은 어디 있소? 사실 같이 온 친구의 덩치를 보고 매우 기뻤는데 말이오. 저렇게 큰 친구가 짊어지고 올 돈은 과연 얼마일까 했는데……."

아레스는 텅 빈 오스틴의 손을 보며 아쉬워했다.

"그 문제는 걱정하지 마시오."

아레스와의 악수를 푼 파렌은 코트 안주머니에서 작은 종이를 꺼냈다. 바란투로스 국립은행의 직인이 찍힌 그 종이엔 꽤 큰 숫자가 적혀 있었다.

"이 수표를 들고 은행으로 가면 된다오."

"후후, 역시 선진국답구려."

수표를 받아 든 아레스는 파렌에게 허리를 크게 굽혔다.

"이제부터 어르신이라 부르지요. 계약이 끝날 때까지 성심성의껏 모시겠습니다."

"잘 부탁하오."

허리를 편 아레스는 골반 오른쪽에 손을 댔다. 동일한 크기의 검 두 자루가 파렌과 오스틴의 눈에 들어왔다.

"소인이 맡을 첫 일은 뭡니까, 어르신?"

그의 질문에 파렌은 빙긋 웃었다.

"우선 납치부터 해봅시다."

납치라는 말에 아레스는 볼을 긁적이는 등 다소 당황한 기색을 보였다. 오스틴도 오른손으로 입을 가리고 주변을 둘러봤다. 그러나 파렌은 맑고 편안한 미소를 유지하고 있었다.

"이 나라에선 납치를 범죄로 취급하지 않나 봅니다, 어르신?"

"범죄 맞소."

"하, 이거 참……."

파렌은 말에 뜸을 들이는 아레스를 가만히 바라봤다.

파렌은 처음 만나는 사람을 속으로 몹시 경계할 뿐만 아니라 상대의 자잘한 몸짓 하나도 놓치지 않고 의미를 부여한다. 그가 그런 분석 과정을 거친 뒤에야 남에게 일을 맡긴다는 사실을 아는 오스틴은 말 그대로 기겁했다. 파렌이 처음 만난 사람에게, 그것도 잡일도 아니고 납치라는 범죄 행위를 맡긴다는 것은 대단한 사건이었다.

파렌이 아레스를 만난 것은 분명 오늘이 처음이지만 그에 대한 소문은 예전부터 접하고 있었다.

아레스는 처음에 랑펠 세르바토프의 뒤를 이을 남자라는 이름으로 불렸는데, 1년 정도 지난 뒤엔 웨스트리치 서부의 최강자로 별명이 바뀌었다. 그로부터 2년이 지난 후엔 서부 지역의 용병왕으로 불렸고, 최근엔 붉은 장발의 사신이라는 또 다른 별명도 얻게 됐다.

대륙 서부에서 무기를 쓸 줄 아는 사람 중에 아레스를 단독으로 이길 수 있는 자는 없다는 소문도 있고, 산적이나 도적들을 혼자서 격퇴했다는 미확인 무용담도 여럿 존재했다. 그런데 파렌이 관심을 둔 부분은 그런 믿기 힘든 소문이 아니라 작년 말에 바란투로스의 병사들이 실제로 목격했던 어느 사건이었다.

야만족의 침공으로 대륙의 1차 방어진이 함락된 후, 그 지역에 있던 군인과 민간인들은 2차 방어진을 향해 끝없이 이동했다. 현장에 투입된 웨스트리치 연합군 병사들에게 주어진 임무는 오로지 민간인의 퇴로 확보뿐이었다. 그러나 군이 도와줄 수 있었던 민간인은 큰 도시의 주민들뿐이며 작은 마을의 주민들 대부분은 파도와 같은 야만족들의 공격을 피하지 못하고 죽거나 노예로 끌려갔다.

바란투로스의 군부는 주민들의 희생을 어떻게든 막아보고자 대규모의 용병들과 국가적인 계약을 했는데, 그 중에서 아레스가 이끄는 용병단의 활약은 연합군 전체에 알려질 정도로 뛰어났다.

그 당시 아레스의 용병단이 마지막으로 맡은 임무는 퀼파치 협곡을 지나는 피난민들을 보호하는 것이었는데, 원래 예정은 피난민들이 협곡을 건넌 후 다리를 폭파하는 것이었지만 한 장교가 폭약 설치를 잘못하는 바람에 다리가 어설프게 무너졌고, 그 결과 야만족들이 다리를 건너는 데 아무 문제도 없는 상황이 벌어지고 말았다.

연합군 내부에선 피난민들을 무시하자는 의견과 폭약을 다시 설치하여 임무를 마무리 짓자는 의견이 팽팽히 맞섰다. 아레스와 용병단은 다리를 무너뜨리는 쪽에 찬성했지만 화약을 다시 설치하기 위해선 야만족들이 다리를 건너지 못하게 막아야만 했다.

아레스의 용병단과 연합군은 합계 100명이 안 됐고, 야만족의 숫자는 기록에 그냥 '압도적이다'라고만 적혀 있을 정도로 막대했다. 그런 상황에서 아레스는 다섯 배의 추가 보너스를 요구하며 자신의 용병단만으로 다리를 가로막기에 이른다.

연합군과 피난민들은 무모한 짓이라며 아레스를 질타했지만, 막상 야만족들이 도착한 이후 그들의 걱정은 눈 녹듯 사라졌다. 첫 폭파가 비록 실패했어도 다리의 폭은 소형 마차 한 대가 겨우 통과할 수 있을 만큼 좁아졌다. 그로 인해 야만족들은 그 좁은 길을 막아선 용병단과 뒤에서 무식하게 밀어붙이는 동료들을 한꺼번에 상대해야만 했다.

야만족들이 무기에 맞아 죽거나 허무하게 떨어지는 반면 아레스를 중심으로 한 용병단은 나름 체계적으로 그들과 맞서 싸웠다. 그리고 그들의 용맹은 피난민들과 연합군을 다시 움직이게끔 만들기에 충분했다.

용병단의 전투는 분명 훌륭했지만 머릿수로 밀어붙이는 야만족들을 완전히 막는 것은 불가능했다. 화약의 설치가 끝날 무렵 용병들은 대부분 사망했고 남은 사람은 아레스와 그의 절친한 친구 몇 명뿐이었다. 만약 연합군의 공병대가 일찌감치 화약을 설치했다면 용병단은 지금 남겨진 기록보다 더 많이 생존했을 것이다.

다리가 폭파된 후 연합군은 뒤늦게 아레스들을 구출하기 위해 현장으로 뛰어들었다. 하지만 그들이 할 일은 그리 많지 않았다. 야만족은 거의 남지 않았고 그마저도 아레스의 칼날에 하나씩 목숨을 잃었다.

붉은 장발의 사신이라는 별명은 머리카락을 피에 적신 채 야만족들을 정리하던 아레스의 그 모습에서 비롯되었다.

파렌은 그 이야기에 감명받아 아레스를 고집했고, 마침 아이젠발트 인근에서 치료를 마무리하던 아레스는 파렌 콘스탄이 자신을 찾는다는 이야기에 끌려 이곳으로 오게 되었다.

파렌과 마찬가지로 아레스 역시 파렌이 지금껏 만들어 온 전설에 매료되어 있었다. 수개월 전에 안개술사의 우두머리를 처단한 장본인이 파렌이라는 사실까지 어찌어찌 들어서 가슴속에 품고 있었다.

왠지 말이 통할 것 같은, 그리고 군인답지 않게 현실이 아닌 미래를 추구하는 듯한 남자. 그것이 아레스가 느낀 파렌의 첫인상이었다.

하나 그 남자가 자신에게 쥐어주려는 첫 일이 납치라는 사실에 아레스는 당혹감을 감추지 못했다.

"음…… 이거 아무래도 제가 사람을 잘못 본 것 같군요."

아레스는 품에 넣었던 수표를 다시 꺼냈다.

"전 납치처럼 섬세한 일은 잘 못합니다, 어르신. 이 거래, 없던 일로 하죠."

"납치 대상은 부녀자들이오."

파렌은 코트 주머니에 손을 넣은 채 말했다. 아레스는 표정 하나 바꾸지 않고 말을 내뱉은 그의 모습에 불쾌함과 호기심을 동시에 가졌다.

"부녀자?"

"대상은 몇 명의 경호원들과 함께 오늘 오후 아이젠발트를 빠져나갈 예정이오. 경호원들을 죽이고 살리는 것은 당신 마음에 달렸소. 하지만 목표가 된 부녀자들은 반드시 납치해 와야 하오."

아레스의 적갈색 얼굴에 실소가 맺혔다.

"이보시오, 난 없던 일로 하자고 분명히 말했소."

"못 들은 것으로 하리다."

파렌의 저돌적인 자세에 아레스의 인상이 일그러졌다.

"그렇게 납치를 하고 싶으면 옆에 데려온 그 덩치 큰 친구한테 말하시오. 난 비록 돈을 위해 일하는 입장이긴 하지만 나름대로 긍지를 가지고 있소. 그 긍지까지 흔들 생각이라면……."

"미래를 위한 일을 해보고 싶지 않소?"

파렌의 말에 아레스의 표정이 굳어졌다.

"겉보기와 다르게 대단히 유치한 말을 하는구려. 미래를 위한 일? 영웅 소설을 너무 많이 읽으신 게 아닌가? 듣기만 했는데도 닭살이 돋아 미칠 지경이로군."

"종이에 적힌 숫자에 취해 칼부림을 다짐한 용병이 궁지를 추구한다는 말보다는 덜 웃긴 것 같소만?"

"……."

옆에서 둘을 지켜보던 오스틴은 눈앞이 아찔했다. 두 남자의 신경전은 대화가 끊긴 이후에도 계속되고 있었다. 눈빛과 눈빛 사이에 오고 가는 감정의 화살은 탄환보다도 날카로웠다.

'저 남자가 키르히 형님이었다면 지금쯤 칼이 오락가락했겠지.'

하지만 아레스는 검에 손도 대지 않았다. 그저 팔짱을 낀 채 파렌과 눈싸움을 할 뿐이었다.

이윽고 아레스가 먼저 웃었다.

"그렇군, 내가 좀 성급했소."

아레스는 들고 있던 수표를 바닥에 떨어뜨렸다. 파렌은 군화 끝으로 수표를 눌러 바람에 날아가는 것을 막았다.

아레스가 말했다.

"당신 같은 남자가 납치를 지시했다면 이유가 있겠지. 왜 납치를 하려 하는지 들을 수 있겠소? 미래를 위해서라는 추상적인 대답을 내놓는다면 난 여기서 돌아갈 것이오."

"그럼 말해주리다."

파렌은 옆으로 반쯤 돌아서서 왕궁을 바라봤다.

"저기, 저 커다란 건물 안에 장난을 치는 사람이 있소."

"장난?"

파렌은 다시 아레스와 시선을 맞췄다.

"난 지금까지 우리나라에 불만을 가져본 적이 없소. 무슨 일이든 내 마음대로 되는 것이 하나도 없었으니까."

아레스는 뭔가 철학적인 발언이라고 생각했다. 그러나 오스틴은 등골이 오싹했다. 자신들의 리더가, 파렌 콘스탄이라는 인물이 처음으로 자신의 생각을 남에게 보여준 것 같았기 때문이었다.

"그런데 지금은 내 마음대로 하지 않으면 안 될 것 같소. 저대로 그냥 놔두면 나뿐만 아니라 이 세상의 모든 법칙이 전부 뒤집힐 것 같으니까."

"어르신, 보수주의자였소?"

"그렇다고 해도 할 말은 없을 것 같소."

"후후."

옆으로 웃음을 흘린 아레스는 파렌의 어깨 너머로 보이는 왕궁을 즐기듯 바라봤다.

"그렇게 개인적인 이유로 저 건물 안의 사람과 싸우겠단 말이오? 그것도 용병 한 명으로?"

아레스의 질문에 파렌은 일단 웃었다.

"한 명으로 충분하오."

"호오."

아레스는 뒤로 당기듯 어깨를 활짝 폈다.

"용병이란 작자들은 자신의 가치를 인정받을 때 가장 기뻐하지요. 지금 어르신께선 그걸 제대로 꿰뚫으셨습니다."

그리고 그는 몸을 숙여 파렌이 발로 누르고 있는 수표를 주웠다. 오스틴은 그의 오른쪽 무릎이 땅에 닿은 것을 보고 조용히 숨을 내쉬었다.

"납치는 솔직히 모릅니다. 하지만 가르쳐 주시면 해 보이겠습니다, 어르신."

⚜

파렌이 아레스와 계약을 한 다음날, 에스톨 왕자는 이른 아침부터 알현실에 나와 심각한 표정을 짓고 있었다. 단정히 가르마를 탄 쇼트커트 머리 사이로 보이는 눈매는 현재에 대한 걱정과 미래에 대한 고민으로 진지했지만 알현실을 지키는 근위병들은 무시하듯 정면만을 바라보고 있었다.

왕자의 뒤에 앉은 호엔 3세는 밀랍인형 같은 모습이었다. 왕비의 자리는 비어 있었는데, 호엔 3세처럼 뭔가 특별한 일을 당해서 나오지 못한 것이 아니라 친정 가족이 출산한 것을 축하해 주기 위해 아이젠발트를 떠난 참이었다.

에스톨은 섭정을 시작한 이후 항상 고민에 사로잡혀 있었다. 시녀, 케이틀린의 힘을 빌려 섭정을 시작했지만 국무대신과 외무대신, 군부총장 모두를 내보낸 탓에 자신에게 집중된 일이 너무 많았기 때문이다.

이틀 정도는 괜찮았지만 역전체들이 바란투로스를, 그것도 아이젠발트를 직접 노린다는 소문이 급속도로 퍼지면서 에스톨이 느끼는 부담은 몇 배로 강해졌다. 그로 인해 자신만의 능력으로 호엔 3세에게 인정을 받겠다는 그의 계획은 수정이 불가피하게 됐다.

내보냈던 신하들을 다시 불러와서 수습을 할까 하는 생각도 잠깐이나마 해봤지만 자신에게 큰 약점으로 작용할 수 있다고 생각하여 다른 쪽으로 사람을 모으기로 판단했다.

그 시작이 오늘이었다. 그가 지금 기다리고 있는 사람은 국무부의 3등급 차관인 베르치 쉬레더 후작인데, 1년 전에 호엔 3세가 납치당했을 때 앞장서서 에스톨 왕자를 지지했던 인물이자 왕비의 먼 친척이기도 한 남자였다.

베르치는 오래전부터 에스톨을 보좌하기 위해 애를 썼고 그로 인해 호엔 3세의 미움을 사서 처형당할 위기에 몰린 일도 있었다. 물론 그의 정성이 진심에서 우러나온 것은 결코 아니었으나 호엔 3세에 대한 반감으로 똘똘 뭉친 에스톨에게 신뢰를 얻기엔 충분했다.

에스톨은 눈을 감은 채 손끝으로 의자의 팔걸이를 톡톡 치며 생각했다.

'외무대신 자리는 예레미스 후작에게 맡기면 될까? 자기 일에만 충실한 남자이니 큰 말썽은 없겠지만……'

생각에 잠긴 그의 귀에 알현실의 문이 열리는 소리가 들렸다. 감적색의 관복을 단정하게 입은 상급시종관이 몸을 반쯤 숙인 채 조심스러운 몸짓으로 들어왔다.

"왕자마마, 쉬레더 후작이 뵙기를 청합니다."

에스톨이 눈을 떴다. 쌍꺼풀이 없는 그의 눈이 날카로운 빛을 품었다.

"들라 하게."

"예, 마마."

시종관이 나가는 모습을 지켜본 에스톨은 근위병들 사이에 서 있는 녹색옷의 시녀, 케이틀린에게 눈을 돌렸다. 그는 다른 시녀들과 마찬가지로 몸을 숙이고 있는 케이틀린을 보며 자애로운 웃음을 지었다.

이윽고 시종관과 함께 흰색의 화려한 관복을 입은 남자가 들어왔다. 살집이 조금 있는 그 남자는 밝은 미소로 에스톨에게 예를 올렸다.

"차관 베르치 쉬레더, 마마의 부르심을 받고 왔습니다."

원래는 호엔 3세에게 먼저 예를 올려야 했지만 그 남자, 베르치는 순서를 완전히 무시하고 있었다. 곁에 있던 시종관과 근위병들은 눈앞이 아찔했으나 문제제기를 하는 사람은 아무도 없었다.

　에스톨은 아무 생각 없이 그의 예를 받아들였다.

　"어서 오시오, 쉬레더 후작. 가까이 오시오."

　"예, 마마."

　베르치는 약간 빠른 걸음으로 에스톨을 향해 다가갔다.

　"이른 아침에 오느라 수고가 많았소."

　"아닙니다, 마마. 나라를 위한 일인데 소신이 어찌 게으름을 피울 수가 있단 말입니까? 소신은 나라의 부름에 언제든 응할 준비가 되어 있습니다. 개의치 마시고 언제든 불러주십시오."

　그는 말솜씨는 훌륭했으며 무엇보다 목소리가 또렷했다. 과거 호엔 3세도 베르치의 청쾌한 목소리 하나만은 솔직하게 칭찬했었다.

　시작이 좋다고 생각한 에스톨은 고개를 끄덕였다.

　"오늘 그대를 부른 것은 그대에게 중책을 맡기기 위함이라오. 쉬레더 후작, 내무대신의 자리를 맡아주지 않겠소?"

　"예?"

베르치가 큰 바늘에 심장을 찔린 듯 몸을 꿈틀 움직였다. 에스톨은 갑자기 파랗게 변한 그의 안색을 보고 깜짝 놀랐다.

"후작, 왜 그러시오?"

"아, 그것이……."

베르치는 정신없이 알현실 문 쪽에 잠시 눈을 돌리려다가 퍼뜩 동작을 멈추고 얼른 머리를 조아렸다.

"아닙니다, 마마. 소신이 무례한 모습을 보였습니다. 부디 너그러이 용서해 주십시오."

"괜찮소. 내무대신의 자리를 앞에 두고 긴장하지 않을 사람이 어디 있겠소?"

"하하……."

베르치는 웃었다. 하지만 그의 후덕한 턱과 목 사이는 어느새 축축하게 젖어 있었다.

"다시 청하리다. 내무대신의 자리를 맡아주시오."

"말씀에 따르겠습니다, 마마."

에스톨은 짧게 한숨을 내쉬었다.

"고맙소, 후작. 국내외의 상황이 어지럽고 수도 내에 흉흉한 소문이 도는 만큼 성심을 다해 일해주길 바라오."

"예, 마마."

만족하는 에스톨과 달리 케이틀린은 베르치를 무서운 눈으로 노려보고 있었다. 베르치가 아까 알현실 문 쪽을 돌아보려던 순간부터였다. 그녀를 여러모로 경계하고 있는 다른 시녀들은 난생처음 보는 그녀의 사나운 눈빛에 놀라 숨을 죽였다.

케이틀린을 미처 보지 못한 에스톨은 잠시 미뤄뒀던 의문을 꺼냈다.

"그런데 후작, 오늘 나에게 누군가를 소개시켜 주겠다고 하지 않았소?"

"예, 마마. 말씀만 하시면 바로 대령하겠습니다."

"오, 직접 데려왔소? 후작이 추천하는 사람이라…… 진심으로 기대되오. 어서 들라 하시오."

"알겠습니다, 마마."

후작은 고개를 돌려 시종관에게 손짓했다.

"들라 하게."

베르치의 목에서 바람이 새는 듯한 소리가 났지만 에스톨은 성격대로 무심하게 그것을 지나쳤다. 하나 돌아보는 베르치의 표정을 직접 목격한 시종관은 대단히 당황했다. 그의 표정은 마치 유령과 손을 잡았던 사람처럼 창백했다.

"뭘 하는 건가?"

"소, 송구합니다."

베르치의 재촉을 받은 시종관은 재빨리 알현실을 나갔다.

조금 뒤, 한 남자가 알현실 안으로 천천히 들어왔다. 선물을 앞둔 아이처럼 가슴을 두근거리던 에스톨의 얼굴이 순간 납빛으로 변했다.

"아······!"

놀란 사람은 에스톨만이 아니었다. 근위병과 시녀 모두가 경악하여 부동자세를 흐트러뜨리고 말았다.

그는 문을 지나 알현실 중앙의 붉은 카펫을 천천히 거슬러 올라갔다. 그리고는 베르치보다 조금 처진 곳에 자리를 잡고 정중히 예를 올렸다.

"특무상사 파렌 콘스탄, 쉬레더 후작의 추천을 받아 마마를 뵙게 되었습니다."

"이 무슨!"

에스톨은 흥분한 나머지 꺼내려 했던 욕설도 제대로 마무리 짓지 못하고 자리에서 일어났다.

"어찌 된 것인가, 후작? 왜 저 귀찮은 인간이 이 자리에 있는 건가! 지금 이 자리가 어떤 자리인지 알고나 있는 건가? 자네, 제정신인가?"

순식간에 죄인 취급을 받은 베르치는 아무 말도 못하고 식은땀만 흘려댔다.

그때 파렌이 말했다.

"마마, 고정하시고 소인의 말을 들어주십시오."

"말? 무슨 말? 난 그대에게 듣고 싶은 말이 아무것도 없네!"

그러나 검은 장발의 특무상사는 선한 얼굴로 편안하게 말했다.

"소인은 마마와 소인 사이에 작은 응어리가 있음을 알고 있습니다. 그러나 그런 작은 일에 마음을 빼앗기신다면 마음에 품고 계신 소망을 이루실 수 없습니다."

"그대를 통해 이루고 싶은 소망 따윈 없네! 그런 건 나 혼자서도 얼마든지 이룰 수 있어!"

"알고 있습니다. 하지만 다른 사람들은 모릅니다."

"모르다니?"

"굳이 말씀드리자면 마마의 진정한 능력…… 예, 그럴 겁니다."

알현실의 카펫에 향해 있던 파렌의 눈이 에스톨을 향해 움직였다.

"우선 인정을 받으셔야 하지 않겠습니까?"

에스톨은 손으로 팔걸이를 꽉 잡았다. 투우사에게 심장을 찔린 소처럼 정곡을 찔린 나머지 모든 것이 정지하는 순간을 맞본 그는, 이윽고 오른손으로 가슴을 누르고 심호흡을 크게 했다.

"흠, 흐음……."

호흡을 겨우 진정시킨 에스톨은 파렌을 노려봤다. 파렌은 말없이 자세를 유지하고 있을 뿐이었다.

에스톨이 무겁게 입을 열었다.

"한 가지 묻겠소, 특무상사."

"말씀하십시오, 마마."

"그대, 나에게 충성을 바칠 수 있소?"

파렌이 대답했다.

"소인은 나라에 충성하는 군인입니다."

"……."

에스톨은 미심쩍은 눈으로 파렌을 노려봤다.

둘 사이에 끼어 있던 베르치가 급히 나섰다.

"마, 마마, 콘스탄 특무상사는 믿을 만한 인재입니다. 지금 나라를 이끄시는 분은 마마이십니다. 특무상사는 지금 마마께 충성을 맹세한 겁니다. 그는 마마의 지시를 간절히 기다리고 있습니다. 조금만 더 마음을 여시고 특무상사를 받아들여 주십시오. 그는 시대가 낳은 최고의 인재가 아닙니까?"

"음……."

그리고 제법 오랜 시간이 흘렀다. 땅에 댄 베르치의 오른쪽 무릎이 저려올 무렵, 에스톨이 한숨을 쏟아냈다.

"좋소. 그럼 얘기를 해봅시다, 특무상사. 허심탄회하게."

"예, 마마."

파렌은 고개를 숙였다. 베르치는 식은땀에 젖은 얼굴

로 안도의 숨을 내쉬었다.

❦

에스톨과 파렌 사이에 회담이 진행되는 동안 오스틴과 아레스는 왕궁 밖에서 시간을 보내고 있었다.

아레스가 아무 고심 없이 서 있는 반면 오스틴은 덩치에 맞지 않게 우울한 얼굴로 계단에 쭈그려 앉아 있었다. 아레스는 그런 오스틴이 보기 안쓰러웠는지 결국 넌지시 말을 건넸다.

"기분 풀어, 친구. 어르신께서 말씀하신 대로 다 됐잖아?"

"예, 그렇지요."

오스틴의 표정이 더욱 흐려졌다. 아레스는 무안한 얼굴로 자신의 흰 장발을 매만졌다.

"어차피 쉬레더인가 하는 후작의 뒤처리도 내 몫이야. 자넨 자네가 할 깨끗한 일에만 신경 써."

오스틴은 고개를 들고 아레스를 봤다.

비록 어제 만났고, 이름 외엔 아는 바가 없는 사람이지만 오스틴은 그를 경계하지 않았다. 어제저녁부터 시작된 '사건'의 공범이라는 사실 때문인지 오히려 동질감까지 느끼고 있었다.

오스틴이 입을 열었다.

"모르시겠지만 리더께서 이러신 적은 단 한 번도 없었습니다."

"그래? 깨끗한 일만 해온 사람치고는 너무 능숙하던데?"

그가 오해하여 말하자 오스틴은 멋쩍게 웃었다.

"아, 다른 의미입니다."

오스틴의 표정이 다시 어두워졌다.

"리더께선 우리에게 비밀을 품고 일하신 적이 없었거든요. 그런데 지금은 아니지요. 전 아직도 리더께서 무슨 생각을 품고 계시는지 모르겠습니다."

아레스는 오스틴이 참 여리고 순수한 친구라고 생각했다. 우월감을 느끼기 위한 생각이 아니라 진심 어린 감상이었다.

아레스가 왕궁의 회색 담벼락에 등을 기댔다. 그는 오른손으로 망토의 속자락을 끌어 올려 입과 목 주변을 덮었다. 망토 안에 민소매 옷만 입은 그에게 눈이 완전히 그치지 않은 바란투로스의 초봄은 고달픈 추위일 뿐이었다.

"어르신을 의심하는 건가?"

"아, 의심하진 않습니다. 그냥 궁금할 뿐입니다."

"흠."

아레스가 먼 곳을 보며 말했다.

"열네 살 때, 한 살 아래인 남동생의 학비를 마련하기 위해 산적 토벌에 참여했지."

"예?"

"그게 용병으로서의 내 첫 번째 일이었어. 본격적으로 용병이 된 건 열일곱 살 때지. 그땐 부모님과 동생 모두 세상에 없어서 뭔 짓을 해도 부담이 없었을 때였거든."

그 말을 들은 오스틴이 속으로 중얼거렸다.

'트리니쉬가 맞구나.'

아레스의 눈에 아무 걱정 없이 거리를 거니는 시민들의 모습이 들어왔다. 그는 무관심하게 눈동자를 움직이며 이야기를 계속했다.

"용병 일을 하면서 가장 답답했던 게, 훌륭한 리더가 정말 적다는 사실이었어. 사실 용병들은 언제 서로가 적이 될지 모르는 사이라 리더가 되기도 힘들고, 리더로 인정하기도 좀 그래. 아무튼 난 좋은 리더 밑에서 많은 걸 배워보고 싶었어. 아무것도 모르고 칼질을 하는 것보다 누군가의 가르침을 받아서 제대로 하는 것이 더 좋잖아? 그런데 내 실력을 이용하는 사람은 있어도 나에게 뭔가를 가르쳐 주는 사람은 없더군."

뭔가 해줄 말을 찾지 못한 오스틴은 그냥 쓸쓸히 웃었다.

"나이가 들면서 난 후배라고 부를 수 있는 용병들에게 여러 가지를 가르쳐 줬어. 그러다가 나와 함께 행동하려는 놈이 하나 생겼는데, 하나가 둘이 되고 둘은 넷이 됐지. 수가 점점 불어서 용병단이라고 불릴 수 있는 규모가 겨우 만들어졌는데, 그렇게 만들어진 작은 용병단이 작년에 큰일을 해냈어. 용병 주제에 피난민들을 구한 거야. 그리고 돈으로 따질 수 없는 값진 선물을 받았지."

아레스가 눈웃음을 지었다.

"어떤 선물입니까?"

오스틴이 묻자 아레스는 어깨를 으쓱했다.

"묘비야."

"……."

"아, 농담 아니야. 정말 큰 선물이지. 돈에 오락가락하다가 어느새 사라지는 용병이 아니라 묘비에 이름을 적어 기억해 줄 가치가 있는 사람으로 바뀐 거라고. 그 묘비를 만들어준 사람은 퀄파치 협곡에서 우리가 구해준 사람들이었어. 물론 아쉽게도 내 것은 없지. 난 살아 있으니까."

오스틴은 아쉬운 미소를 짓는 아레스를 묵묵히 바라봤다. 가치관의 차이에서 온 괴리감 때문이었다.

아레스는 눈을 감았다.

"우린 스스로의 가치를 끌어올리기 위해 용병 같지 않은 일을 했어. 그럼 어르신은 어떨까? 그분이 자신의 가치를 끌어내리면서 하려는 일은 과연 뭘까?"

"……."

"콘스탄 어르신께서 무슨 일을 생각하는지 나도 모르지만 배신자라는 오명을 쓸 각오를 단단히 하고 계신 것 같아. 자넨 그나마 끝까지 믿어줄 거라고 판단하셨기에 곁에 두시는 거겠지. 물론 그런 자네도 지금 어르신을 의심하고 있지만."

오스틴이 벌떡 일어났다.

"의심이 아니라……!"

아레스의 말을 부정하려 했던 오스틴은 말끝을 흐렸다. 포장만 바꿔서 자신을 합리화하는 것은 오스틴의 성격상 맞지 않는 일이었다.

아레스는 어깨를 축 늘어뜨린 거인을 보며 낮게 웃었다.

"앞으로 더 심한 일이 벌어질 수도 있어. 감당 못할 일을 억지로 하는 것만큼 어리석은 일은 없지. 자네 스스로에게 없던 일로 할 기회는 이번뿐일지도 몰라. 어르신께는 내가 잘 말씀드릴 테니 다시 잘 생각해 봐."

"아닙니다."

오스틴이 눈을 부릅뜨고 똑바로 섰다.

"이미 리더께 약속을 드렸습니다. 무슨 일이 벌어지든 끝까지 갈 겁니다. 그리고 저마저 리더의 곁에 없으면 키르히 형님께서 무슨 짓을 저지르실지 모릅니다."

"키르히?"

"예. 키르히 펙터라고, 우리 크로이츠 부대의 중심적인 분이시죠."

"아, 바란투로스의 미친개 말이군."

아레스가 큭큭 웃었다.

"아십니까?"

"키르히 펙터라는 이름과 그 친구의 별명은 용병들 사이에서 유명하지. 들개처럼 사람을 물어뜯어 죽인다면서? 성격도 지저분하고. 소문으로는 부녀자들만 골라서 죽인다는 얘기도 있던데, 사실이야?"

"물론 아니죠. 알고 보면 좋은 분이십니다."

"모르면 싸움나고?"

오스틴은 입을 벌린 채 잠시 뜸을 들었다.

"……아니라고는 도저히 말씀을 못 드리겠네요."

오스틴의 그런 모습이 인상적이었는지 아레스는 자신의 흰머리를 긁적이며 웃었다.

"그래? 후후, 왠지 재미있는 친구 같군. 실력이 어떤지 겨뤄보고 싶기도 하고."

아레스의 실력을 직접 본 일이 없는 오스틴은 뭐라고

말을 할 수 없었다. 신체 조건만 보자면 아레스 쪽이 아주 약간 더 좋은 것 같았지만 키르히의 실력은 그런 것으로 우열을 가릴 수 있는 것이 아니기 때문에 오스틴은 계속 입을 다물었다.

둘의 대화가 끝날 무렵, 베르치 쉬레더 후작과 파렌이 왕궁에서 나왔다.

알현실에선 온화하기 그지없던 베르치의 표정은 딱딱하게 굳어 있었다. 반면 그의 뒤를 바짝 따르는 파렌의 표정은 평소와 다를 바가 없었다. 아레스는 둘을 지켜보겠다는 신호를 오스틴에게 보냈고 고개를 끄덕인 오스틴은 두꺼운 어깨를 흔들며 어디론가 뛰어갔다.

왕궁 옆 작은 공원에서 걸음을 멈춘 베르치는 발걸음을 멈추자마자 뒤따라온 파렌의 멱살을 저돌적으로 움켜쥐었다.

"이런 독사 같은 놈! 파렌 콘스탄, 네가 이런 놈인 줄은 꿈에도 몰랐다! 감히 날 이용해서 왕자님의 환심을 사다니!"

파렌은 오른손으로 베르치의 손을 지그시 눌렀다.

"후작 각하의 부인과 따님들은 아직 무사하십니다. 안심하십시오."

"으음……!"

베르치는 두 손을 부르르 떨며 아래로 내렸다. 파렌은

손가락을 구부려 구겨진 옷깃을 제대로 폈다.

"그분들은 약속대로 오늘 돌려보내 드리겠습니다. 아, 각하께서 직접 데리고 돌아가시는 편이 더 좋을 것 같습니다. 저와 함께 제 집으로 가시겠습니까?"

"가야지! 당연히 가야 하고말고!"

"소인이 마차를 준비해 두었습니다. 잠시 기다려 주십시오."

파렌은 옆에 있는 큰 나무를 향해 손짓했다. 아레스가 망토를 펄럭이며 나무에서 내려오자 옷 안주머니에 손을 넣던 베르치는 흠칫 놀라 움직임을 멈췄다. 아레스는 놀란 토끼처럼 자신을 바라보는 베르치를 향해 싱긋 웃었다.

"바란투로스는 귀족도 철저히 검문하는 나라인 줄 알았는데, 뜬소문이었군요."

아레스는 베르치에게 다가가 그의 안주머니에 손을 쑤셔 넣었다. 그의 손에 들려 나온 것은 아주 작은 권총이었다. 파렌은 권총에서 탄환을 빼고 방아쇠를 분해하는 아레스를 보며 말했다.

"근위대장님께서 쫓겨나시기 전엔 괜찮았다네."

파렌은 오늘 아침부터 아레스에게 낮춤말을 쓰겠다며 양해를 구했고 아레스는 그에 흔쾌히 동의했다.

베르치의 행동을 은근히 비꼰 파렌은 따분하다는 듯

코트 주머니에 양손을 넣고 입김을 길게 내뿜었다. 베르치는 그 모습을 벌게진 눈으로 노려봤다.

"오, 오해하지 말게. 난 자네를 죽일 생각이 없었네."

"알고 있습니다. 절 위협해서 가족의 안전을 더 빨리 확보하려 하셨겠지요. 이해합니다."

말없이 어금니를 깨무는 베르치 쪽으로 오스틴이 모는 마차가 달려왔다.

베르치와 함께 마차에 탄 파렌은 코트 안에 넣어두었던 작은 책을 꺼내 읽었다. 후작은 자신의 앞에서 다리를 포개고 앉은 특무상사의 모습에 다시금 치를 떨었다.

"자네, 내가 오늘 국무대신의 자리를 받게 될 것을 어찌 알았나?"

"저만 알고 있는 사실은 아닙니다. 왕자님과 후작 각하를 알고 있는 사람들은 모두 오늘의 일을 예상하고 있었습니다."

"그래? 그럼 우리 부인이·아이들과 함께 아이젠발트를 나가는 것은 어찌 알았지? 그것도 모두가 예상하는 바였나?"

"추리가 좀 필요했지만 어렵진 않았습니다."

파렌은 책장을 넘기고 글씨를 따라 눈동자를 움직였다.

"후작 각하께선 왕비님의 먼 친척이시지요. 왕비님과

관련된 일은 어떻게든 참여하려고 노력하셨고, 그 때문에 폐하께 노여움을 사기도 했습니다. 부정하실 수 없겠지요?"

"흥, 부정할 생각도 없네."

"때마침 왕비님의 직계가족이 출산을 앞두고 있고 그 예정일이 어제 혹은 오늘이라는 이야기가 아이젠발트 내에 퍼져 있었습니다. 그런 큰 행사를 각하께서 그냥 넘어가실 리는 없으시겠지요. 그러나 각하께선 나흘 전에 왕자님의 부름을 받으신 몸이었으니 직접 왕비님의 친정으로 가실 수는 없으셨을 겁니다."

"그런 정보만으로 내 가족들을 납치할 수는 없었을 텐데?"

그때까지만 해도 베르치는 자신의 저택 내에 파렌의 첩자가 있을 것이라 생각하고 있었다. 그동안 나름대로 비밀스럽게 가족의 납치에 대해 어느 정도 대비를 해왔었기 때문이다.

파렌은 여전히 책에 눈을 둔 채 건성으로 고개를 끄덕거렸다.

"그렇습니다. 하지만 각하께선 정치적으로, 개인적으로 원수를 많이 두셨지요. 그래서 가족으로 변장시킨 하인들을 저택에서 미끼로 내보내고 진짜 가족들은 다른 곳에 위치한 허름한 집, 이른바 안전가옥이라는 곳에서 출발시키는 방법을 자주 쓰셨습니다. 좋은 방법이긴 하지만 바란투로스의 다른 귀족들도 자주 쓰는 보편적인 방법이기도 하지요."

베르치의 심장이 뜨끔했다.

"설마 우리 가문의 안전가옥이 어디 있는지 알아냈단 말인가?"

"굳이 집의 위치를 알아볼 필요는 없었습니다."

"무슨 소린가?"

"각하께서는 가족들을 안전가옥에서 출발시키셨지만 마차는 가문의 것을 그냥 써오셨습니다. 각하께서 쓰시는 대형 마차는 마차에 장식된 쉬레더 가문의 문장과 모서리를 두른 독특한 금장 덕분에 아주 쉽게 구별해 낼 수 있지요. 게다가 일정 크기 이상의 마차는 반드시 아이젠발트의 정문을 통과해야 한다는 국내 법규를 지나칠 정도로 충실하게 지켜오셨습니다. 각하의 마차가 정문을 지날 것이 분명한 상황에서 괜히 안전가옥을 찾기 위해 힘을 소비할 이유는 없겠지요."

술술 나오는 그의 말에 베르치는 넋을 잃었다. 지금껏 파렌을 상대로 싸웠던 자들이 그랬던 것처럼 베르치는 자신이 바보가 아닌가 하는 생각을 해봤다.

파렌은 충고를 잊지 않았다.

"이후엔 도보를 이용해 아이젠발트 밖으로 나가신 뒤

마차로 갈아타시길 바랍니다. 다리는 불편할 수 있지만 여러모로 도움이 될 겁니다."

"으......!"

베르치는 주먹으로 자신의 무릎을 세게 내려쳤다.

그는 마차의 창문을 열어 뜨겁게 달아오른 머리를 식혔다. 땀에 젖은 그의 굽슬굽슬한 금발이 차가운 공기를 맞아 희미한 김을 뿜었다.

이윽고, 파렌이 책을 덮고 창밖을 봤다.

"다 왔군요. 그럼 조건을 다시 한 번 확인하겠습니다, 각하."

"입 아프게 만드는군."

투덜거린 베르치는 파렌이 어제저녁, 흰 장발의 부하를 데리고 자신을 찾아와 협박하면서 걸었던 조건을 읊었다.

"자네는 날 표적으로 삼은 괴한들로부터 내 가족들을 보호한 은인일세. 난 가족들 앞에서 분명 그리 말할 것이야."

"좋습니다."

"하지만 나와 내 가족의 안전이 확보된 이후엔 내가 어찌 말하든 상관하지 말게."

"알겠습니다."

파렌은 밝게 웃었다.

저택 앞에서 마차가 멈추자마자 베르치는 도망치듯 마차에서 내려 파렌의 저택 안으로 뛰어들어 갔다.

"에스터! 로지! 어디냐! 부인, 어디시오!"

그가 마당 한가운데에서 고래고래 소리를 지르자 저택 현관문을 열고 세 명의 여성이 뛰어나왔다. 베르치 이상으로 퉁퉁한 중년 여성과 10대 중반, 초반으로 보이는 여자 아이들은 누가 먼저라 할 것 없이 베르치의 품으로 뛰어들었다.

"후작님!"

"아버님!"

"오, 오오! 모두 무사했구나!"

베르치는 품에 안은 가족을 힘껏 껴안으며 재회의 기쁨을 만끽했다. 파렌과 아레스, 오스틴은 그를 향해 천천히 들어왔고 이번 일에 대해 까맣게 모르는 하녀, 하이디도 안경을 만지작거리며 저택 밖으로 나왔다.

파렌은 베르치에게 허리를 굽혔다.

"가족과의 재회를 축하드립니다, 각하."

베르치의 두꺼운 볼이 씰룩거렸다.

"그, 그래. 자네 덕분이네, 콘스탄 특무상사."

자신들을 보호하기 위해서라는 파렌의 말을 반신반의했던 베르치의 가족들은 가장의 확인을 듣고 편하게 숨을 내쉬었다.

"아아, 특무상사의 말이 사실이었군요. 고맙구려, 특무상사. 그대는 우리 가족의 은인이오. 이 일을 어찌 보답해야 할지 모르겠소."

후작부인이 감사를 표하자 파렌은 다시 한 번 고개를 숙였다.

"소인은 국가를 위한 일을 했을 뿐입니다, 후작부인."

부인은 파렌의 깔끔한 모습과 태도에 만족한 듯 고개를 끄덕거렸다. 후작의 딸들은 두근거리는 가슴에 두 손을 포갠 채 파렌을 바라봤다.

고개를 든 파렌은 자신의 마차 쪽으로 손을 내밀었다.

"제 마차로 모시겠습니다. 탑승하시지요."

"그럼 마차는 내가 직접 몰아도 되겠나, 특무상사?"

베르치가 독기를 품고 제안하자 파렌은 조금 당황한 기색을 보였다.

"아, 괜찮으시겠습니까? 각하께서 직접 고삐를 잡으실 필요는……."

"됐네. 젊었을 때 자주 몰아봤네. 가족들에게 걱정을 끼친 만큼 이 정도 수고는 해야 하지 않겠나?"

"음……."

파렌은 손으로 턱을 짚고 고민했다. 베르치는 체스에서 대역전승을 한 사람처럼 회심의 미소를 지었다.

'마차로 우리 가족을 모두 끌고 가서 몰살시킬 생각이

었겠지? 내가 네 시커먼 속을 모를 줄 아느냐, 파렌 콘스탄?

시간을 두고 생각하던 파렌은 결국 허탈하게 웃었다.

"어쩔 수 없군요. 그럼 마차를 내어드리겠습니다, 각하."

"고맙네, 특무상사."

베르치는 흰색의 최고급 모피를 입은 부인의 등을 두드려 어서 마차로 갈 것을 재촉했다. 후작부인은 남편의 급한 모습에 의아해하면서도 이 작고 보잘것없는 집에서 탈출한다는 기쁨에 발걸음을 빨리했다.

후작의 딸들까지 마차에 올라탄 뒤, 베르치는 천천히 뒷걸음질을 치며 파렌에게 말했다.

"자네, 후일이 두렵지 않은가?"

어느새 정색을 한 파렌이 코트 주머니에 왼손을 넣으며 되물었다.

"어떤 후일 말씀이십니까?"

"내가 자네라면 나와 내 가족들을 그냥 풀어주진 않을 거야. 난 후작으로서 자네를 몇 번이고 파멸시킬 수 있지! 굳이 죄를 뒤집어씌우지 않아도 돼. 자네는 납치와 협박이라는 중죄를 지은 범죄자니까!"

"그렇지요."

베르치는 파렌의 당당한 태도에 당황했다.

"왕자마마께서 자네를 보호해 주실 거라고 생각하나? 착각하지 말게! 난 마마께 협박 때문에 자네를 추천한 거라고 말씀드릴 것이야! 자넨 끝장이라고!"

"좋을 대로 하십시오."

"……."

석상처럼 변화가 없는 그의 모습에 말문이 막힌 베르치는 입을 굳게 다물었다.

현관 앞에서 그 이야기를 대충 들은 하이디는 김이 하얗게 낀 안경을 벗고 앞치마로 렌즈를 닦았다.

'무슨 말씀들을 하시는 거지? 범죄자라는 말도 얼핏 들린 것 같은데……?'

그녀가 안경을 다시 쓴 순간이었다.

새빨간 피가 그녀의 얼굴과 콘스탄 저택의 정원 전체에 뿌려졌다. 목에서 피를 뿜으며 쓰러진 베르치 위엔 단검을 든 검은 옷의 괴한이 앉아 있었다.

목에 치명상을 당한 베르치는 입에서 피 거품을 뿜었고 마차에 타고 있던 베르치의 가족들은 피의 분수대가 되어 쓰러진 가장의 모습에 기겁하여 비명을 질러댔다. 얼굴에 피가 묻은 하이디는 넋이 나가 그 자리에 주저앉았다.

괴한이 쏜살처럼 파렌에게 달려들었다. 파렌은 주머니에 넣고 있던 왼손을 뺐다. 그가 던진 동전에 눈을 살짝 맞은 괴한은 정원에 쌓인 눈에 미끄러져 중심을 잃고 넘어졌다. 다시 일어나려는 그의 후두부에 파렌의 군화가 철퇴처럼 꽂혔다. 결과는 즉사였다.

오스틴이 고함을 질렀다.

"리더!"

저택의 정원과 베르치의 가족이 탄 마차 주변에 또 다른 괴한들이 나타났다. 정원에 나타난 자는 두 명, 마차 주변에 나타난 자는 네 명이었다. 파렌과 등을 맞대고 선 오스틴은 방금 전 괴한들이 보인 움직임에 놀라 잔뜩 긴장하고 있었다.

'건달들이 아니야! 전문 암살자다!'

괴한들이 달려들려는 순간, 흰색의 장발이 은색 섬광을 품고 오스틴의 눈앞에서 춤을 췄다. 오스틴은 이제껏 보지 못한 그 장쾌한 검광에 눈을 빼앗겼다.

검으로 두 명의 목을 단번에 날린 아레스는 투우사처럼 왼손으로 자신의 망토 자락을 집어 들었다. 괴한들의 목구멍에서 뿜어진 피가 그의 검은색 망토를 폭포수처럼 때렸다.

그가 망토를 내리자 파렌의 차가운 얼굴에 햇볕이 내려왔다. 아레스는 피 한 방울 묻지 않은 파렌을 보며 다른 한 개의 검을 마저 빼 들었다.

"서비스였습니다."

"흠."

파렌이 보인 반응은 그것뿐이었다.

두 개의 검을 든 아레스가 흰색 머리채를 흔들며 마차를 향해 달려갔다. 파렌과 오스틴, 하이디는 설원을 달리는 하얀 사자와도 같은 그의 모습을 숨죽이고 지켜봤다.

예상치 못한 아레스의 주력에 놀란 괴한들은 마차에 대한 공격을 멈추고 아레스를 표적으로 삼았으나 그들의 팔다리와 머리가 먼저 날아갔다. 별생각 없이 거리를 걷던 행인들은 뜻하지 않은 피바람에 비명을 질렀다.

왼쪽 다리를 잃은 괴한이 길바닥에 엎드린 채 이를 갈았다.

"파렌 콘스탄을 먼저 죽였어야……!"

"그러신가?"

아레스의 검이 그의 등판을 관통했다. 등골과 심장을 단번에 관통당한 괴한은 즉사했고 하늘로 뿜어진 피는 비가 되어 아레스에게 내려왔다.

아레스는 팔 보호구로 얼굴을 문질렀다. 피에 젖어 붉게 번들거리는 포니테일이 그의 움직임에 따라 묵직하게 흔들렸다.

그의 압도적인 모습에 놀란 오스틴은 침을 꿀꺽 삼켰다.

'정말 용병인가, 저 남자? 어디서 저런 검술을……?'

파렌은 급히 베르치의 곁으로 갔다. 베르치는 출혈 쇼크로 인해 정신이 반쯤 나간 상태로 하늘을 바라보고 있었다.

"누가…… 보낸……."

"괜찮으십니까, 각하?"

"진짜로…… 날…… 노린…… 놈들이……?"

베르치의 상태를 확인한 파렌은 무겁게 한숨을 내쉬었다.

"뒷일은 저에게 맡기십시오, 각하."

"트, 특무…… 상사……."

"예, 각하."

파렌은 자신을 부르는 베르치에게 몸을 숙였다. 마치 베르치에게 곧 다가올 죽음을 안타까워하는 것처럼 보였다.

그러나 아레스는 파렌이 베르치에게 뭔가 속삭이는 것을 똑똑히 봤다.

"단역치곤 훌륭했소, 쉬레더 씨."

아무도 듣지 못한, 오로지 베르치만 들을 수 있었던 목소리였다.

경악한 베르치는 눈동자를 움직여 파렌의 얼굴을 봤다. 그는 자신이 깔고 누운 눈보다 차가운 특무상사의 미소를 지켜보며 생의 마침표를 찍었다.

다시 일어난 파렌은 손수건을 꺼내 베르치의 얼굴을 덮었다. 오스틴은 희로애락이 느껴지지 않는, 평소와 다름없는 리더의 모습을 보며 복잡한 마음을 달랬다.

도시 경비대의 호루라기 소리가 콘스탄 저택 쪽으로 가까워졌다.

⚜

베르치 쉬레더 후작의 암살 직후 파렌이 한 일은 베르치의 유가족과 아레스를 데리고 도시경비대의 본청으로 가서 당시 상황에 대한 진술을 하는 것뿐이었다. 그는 어디까지나 목격자로서 모셔진 것일 뿐, 혐의자로 끌려간 것은 아니었다.

경비대 내부에서 파렌을 의심하는 사람은 아무도 없었다. 후작을 노리는 자들이 있다는 사실을 어찌 알았냐는 질문까진 나왔지만 베르치가 에스톨 왕자의 가장 큰 지지자 중 한 명이라는 사실을 모르는 사람이 있느냐는 파렌의 되물음에 의문은 깨끗이 사라졌다.

암살자에 대해 밝혀진 것은 거의 없었다. 경비대 쪽 수사관들은 그들의 시체와 무장을 철저히 조사해 봤지만 몸에 특별한 표식도 없고, 무장 역시 어디서나 구할 수 있는 물건들이어서 사건은 곧장 미궁으로 빠져 버렸다. 그나마 밝혀진 사실은 그들이 모두 순수한 웨스트리치 사람이며 무장 모두가 최근에 만들어진 것이고, 그 품질이 최신 무기의 최대 판매처인 아이젠발트에서조차 쉽게 찾아볼 수 없을 만큼 고급이라는 것 정도였다.

진술 절차가 끝난 뒤 가장을 잃은 슬픔에 젖은 베르치의 가족들은 파렌에게 주범을 반드시 찾아달라는 부탁을 했다. 파렌을 은인이라고 믿는 그들에겐 아주 당연한 일이었다. 파렌은 최대한 노력하겠다는 말로 그들을 위로해 주고 아레스와 함께 저택으로 향했다.

그들이 도시경비대 본청을 나선 시간은 저녁식사 시간을 1시간 정도 넘긴 밤이었다. 기름 램프로 이뤄진 가로등들은 자신들 사이를 흐르는 차갑고 메마른 공기를 황색의 빛으로 은은히 덥혔다.

파렌의 옆에서 묵묵히 걷던 아레스는 저택으로 가는 길에 놓인 마지막 다리를 지나자마자 입을 열었다.

"어르신."

"무슨 일인가?"

예상보다 빠른 고용인의 응답에 놀란 아레스는 그만 씩 웃었다.

"어르신, 지금 우리 주변에 아무도 없습니다."

그의 말대로 주위는 고요했다. 기척을 죽이고 몰래 따라오는 사람은 물론 작은 동물조차도 없었다.

"질문할 것이 있으면 해보게. 최대한 성의껏 대답해 주지."

"알겠습니다."

파렌의 말에 섞인 의미를 느낀 아레스는 거리낌없이 물었다.

"진범이 정말 있는 겁니까?"

그러자 파렌이 소리없이 웃었다.

"그냥 살인자가 되긴 싫은가 보군. 그것도 용병의 긍지인가?"

"공범이 되는 것도 왠지 재밌을 것 같아서 말입니다."

"후후."

고개를 한 번 흔든 파렌은 걷는 속도를 늦췄다. 아레스는 그 속도에 맞추기 위해 일단 파렌의 뒤로 약간 물러났다.

"예컨대 말일세."

그리고 파렌은 말없이 몇 걸음을 더 걸었다. 일단 서두를 던진 뒤 다음에 꺼낼 말을 고르는 것은 파렌의 신중함에서 파생된 버릇 중 하나였다.

"내가 운이 아주 좋은 사람이라면 어떨 것 같나?"

"운이라……. 감상을 내놓기에 앞서 일단 부럽겠지요. 세상에서 운 좋은 사람만큼 이기기 힘든 상대는 없으니 말이지요."

"그렇지."

동의한 파렌은 아레스 쪽으로 눈을 돌렸다.

"자네가 내 예상보다 똑똑한 사람이라는 점이 나에게 있어서 일단 가장 큰 행운이겠군. 내가 아는 누구처럼 자네가 골치 아픈 성격이었다면 아마 난 오늘 두 번 정도 목숨을 걸어야 했을 거야."

"그렇게 생각해 주셨다니, 영광입니다."

"그런 의미에서 대답해 주자면…… 일단 오늘 일은 진범이 따로 있다네."

"어르신께서 아는 자입니까?"

"그렇다네."

"그럼 '쉬레더 씨'가 암살자에게 당할 것이라는 사실도 알고 계셨습니까?"

파렌이 웬일로 놀란 눈을 했다.

"그때 내가 한 말이 들렸나?"

"입술은 보였습니다."

"내가 사람 하나는 제대로 골랐군."

"큰 재주는 아닙니다. 용병은 눈치가 생명이거든요."

"그런가?"

쓴웃음을 지은 파렌은 하던 이야기를 계속했다.

"암살자가 나타날 가능성은 절반이었다네. 사실 난 그들이 나타나기를 간절히 빌었지. 안 그랬다면 쉬레더 씨를 자네 손으로 제거해야 했을 것이고, 그렇게 되면 일이 크게 꼬일 수가 있거든."

"굳이 제거할 필요가 있었습니까?"

"이번 일은 그만큼 큰일이라네."

"그럼 전 운이 없는 사람이군요."

앞으로 자신에게 닥칠 고난을 예상한 한탄이었다. 파렌은 코트 주머니에 손을 넣은 채 어깨를 으쓱했다.

"아무튼 암살자는 다행히 나타나 줬고, 그들은 내 예상대로 가장 손쉽게 제거할 수 있는 표적을 먼저 노렸다네. 그동안 두뇌 운동만 열심히 해온 쉬레더 씨는 암살자들 눈에 테이블 위에 놓인 스테이크처럼 보였겠지. 쉬레더 씨는 정말 잘 움직여 줬다네. 가족들을 미리 마차에 보내 준 덕분에 진실이 알려지지 않았으니까."

"그건 정말 운이군요."

"운이라기보다는…… 일단 납치를 경험한 사람은 남에게 자기 가족을 두 번 다시 빼앗기지 않겠다는 마음을 우선시하게 되지. 남자일수록, 그리고 가장일수록."

"호오."

파렌은 가로등 불빛 너머로 희미하게 보이는 자신의 저택을 보며 자신의 두 손에 입김을 불었다. 늘 끼던 검은색 군용장갑을 저택에 두고 오는 바람에 그는 지금 맨손이었다.

"오늘 일로 조금이나마 나라를 안정시킬 토대는 마련
됐다네. 왕자가 내 말을 어디까지 들어줄지가 관건이지
만 크게 어렵진 않을 거야. 아이젠발트의 시민들이 왕자
자신을 알아주기 시작했다는 것만 보여주면 되니까."

"왕자님을 가장 강력한 지원군으로 만드실 생각이시군
요."

"이용할 구석과 방법이 보이는 이상 굳이 괴롭힐 필요
는 없지."

"그럼 왕자님도 나중에 제거하실 계획이십니까?"

"제거는 언제든 할 수 있어. 가능하다면 하루에 세 번,
식사하듯 할 수 있지."

아레스는 그런 말을 입김처럼 아무렇지 않게 내뱉는
고용주의 모습에 가벼운 오한을 느꼈다.

"그것이 가능합니까?"

"지금 왕자를 따르는 사람이 누가 있나? 오늘만 하더라
도 그래. 도시경비대 구성원 중에서 쉬레더 씨의 죽음을
궁금하게 여기는 사람은 없었네. 다들 언젠가 벌어질 일
이 드디어 터진 것 정도로 치부했지. 모든 일이 제대로
진행된 덕분에 우리가 갇혀서 고문당할 일은 없었지만,
그들이 쉬레더 씨에 대한 존경심이나 특별한 정에 이끌
려 의심을 했다면 우린 내일 오후 정도에나 집에 돌아갈
수 있었을 것이네. 그 정도로 왕자와 그 주변 인물들은

인기가 없지."

아레스는 시선을 위로 한 채 고개를 끄덕거렸다.

"듣고 보니 그렇군요. 한 나라의 후작이 백주 대낮에 암살당한 사건인데 다들 대강대강 처리하는 걸 보고 좀 놀라긴 했습니다."

"언젠가는 정리될 사람이기도 했거든."

아레스는 걸음을 멈추고 고개를 갸웃했다가 다시 파렌을 뒤쫓았다.

"정말 그런 겁니까, 아니면 그렇게 생각하고 싶으신 겁니까?"

그 질문에 파렌은 대답이 없었다. 아레스는 왠지 난공불락의 요새를 공략할 틈을 찾은 것 같아 기뻤지만 드러내지도, 그 이상의 질문을 하지도 않았다.

"죄송합니다. 소인이 주제를 넘었습니다."

아레스는 그냥 그렇게 이야기를 끝냈다. 더 이상 말을 걸었다가는 정말 무서운 존재를 적으로 두게 될 것 같아서였다.

시체가 널려 있던 저택 정문 앞과 정원은 도시경비대의 손에 깨끗이 정리되어 있었다. 파렌은 혹시나 시체 조각이 남아 있지 않을까 하여 이곳저곳을 살폈지만 혈흔 외에 특별한 흔적은 없었다.

현관문을 열고 저택 안으로 들어간 파렌과 아레스는

우선 거실로 향했다. 작은 테이블을 사이에 두고 마주 놓인 거실의 두 소파엔 오스틴과 하이디가 각각 앉아 있었다.

"아, 오셨습니까?"

오스틴이 일어나 그를 반겼다. 멍한 눈으로 테이블 중앙을 바라보고 있던 하이디는 뒤늦게 일어나 인사했다.

"돌아오셨습니까, 주인님? 식사를 준비할까요?"

그녀의 목소리는 심하게 떨렸다. 시체가 만들어지는 과정을 제대로 본 것이 오늘로 처음은 아니지만 심성이 여린 그녀에겐 여전히 큰 부담이었다.

파렌은 그녀의 두 손에 꼭 쥐어진 자신의 장갑을 보며 나직이 웃었다.

"오늘은 됐소. 푹 쉬라 말하고 싶지만…… 괜찮겠소?"

잠을 제대로 잘 수 있겠냐는 질문이었다. 하이디는 어떻게 대답할까 망설이다가 안경이 조금 흘러내릴 정도로 고개를 도리도리 저었다.

아레스가 자신의 머리채를 손으로 긁적거렸다.

"거실에서 아까처럼 멍하니 있을 생각이라면 너무 걱정하지 마, 아가씨. 나도 오늘 거실에서 지낼 생각이니까."

"예에?"

"아, 뭐 이상한 생각이 있는 건 아니야. 우리 오스틴 아

저씨도 오늘은 집에 가고픈 얼굴이 아닌 것 같으니 안심
하라고."

"예? 저는……."

집에 가봐야 한다는 말을 꺼내려 했던 오스틴은 심하
게 눈치를 주는 아레스의 모습에 얼른 말을 바꿨다.

"당연히 여길 지켜야지요."

"그렇지?"

아레스는 오스틴의 등을 두드려 준 뒤 소파에 앉았다.
하이디는 아레스에게 핏자국이 선명한 그 검은색 망토를
당장 벗으라며 소리치고 싶었지만 그가 사람을 조각내는
모습이 떠오르는 바람에 뭐라 말을 하지 못했다.

오스틴과 아레스에게 하이디를 부탁한다는 눈짓을 보
낸 파렌은 하이디에게 조용한 어투로 말했다.

"난 먼저 올라가서 쉬겠소. 내일 아침에는 깨우지 않을
테니 마음 놓으시오, 미스 요하네스."

"예? 깨워주지 않으시겠다니, 무슨 말씀을……!"

자못 충격을 받은 그녀의 얼굴에 파렌은 잠깐 할 말을
잃고 웃었다.

"늦게까지 잠을 자도 좋다는 말이었소."

"아……."

하이디는 고개를 숙이고 이마를 붙들었다. 고개를 끄
덕여 그녀를 다시 안심시켜 준 파렌은 자신의 방으로 올

라갔다.

평소와 다르게 코트를 침대에 던지듯 벗어놓은 파렌은 그 옆에 그대로 쓰러졌다. 오후 내내 숨겨야만 했던 극심한 피로감이 그의 얼굴에 확 드러났다.

그대로 잠에 빠질 뻔한 파렌은 겨우 눈을 뜨고 몸을 일으켰다. 어느새 쌍꺼풀이 깊게 들어간 눈을 비빈 그는 침대 시트에 두 손을 대고 얼굴을 숙인 채 가만히 시간을 보냈다.

허벅지 위에 쏟아진 자신의 장발을 묵묵히 지켜보던 그는 일어나서 셔츠의 위쪽 단추를 세 개 푼 뒤 휴대용 램프를 들고 서재로 들어갔다.

파렌은 불씨를 옮기기 위해 마련된 나무막대로 서재에 놓인 램프 여덟 개를 하나씩 켰다. 서재에 보관된 수백 권의 책이 각자의 색으로 부드럽게 빛났다.

서재의 창문 앞엔 그가 책을 읽을 때 애용하는 안락의자가 놓여 있었다. 그리고 창가엔 데보라가 놓고 간 스코프가 고이 모셔져 있었다. 안락의자에 앉은 파렌은 눈앞의 스코프를 말없이 지켜봤다.

시간이 얼마나 흘렀을까.

그가 자신도 모르게 스코프를 향해 말했다.

"오늘 사람 하나를 제거했어."

심하게 긴장된 목소리였다. 그는 헛기침으로 목청을

바로잡았다.

"그는 왕자를 이용해 자기 배를 채우려고 했던 반역자야. 여태껏 숙청이 되지 않은 이유가 궁금할 정도로 타락한 귀족이지."

그는 왼쪽 팔걸이에 팔꿈치를 대고 턱을 괴었다.

"그런데 그가 어떻다는 판단을 내린 존재는 법이 아니야. 바로 나야."

파렌은 스코프를 보며 물었다.

"이건 집착일까? 아니면 이기고 싶다는 나의 갈망이 만들어낸 망상의 결과일까? 모르겠어. 난 그저 누가 어지러뜨린 물건을 제자리에 갖다 두고 싶을 뿐이야. 그런데 최상의 결과를 위해선 내가 가진 것들을 하나씩 버려야만 해. 그리고 이미 버렸어. 또 그 투기의 끝엔 왠지 너희들이 있을 것 같아."

그는 회상하듯 웃었다. 그것은 테르나와 키르히가 가장 싫어하는, 그래서 근 몇 년간 지어본 적이 없는 단념의 미소였다.

"그렇다고 이제 와서 못하겠다는 말은 아니야. 난 이 싸움을 마무리 짓지 않으면 안 돼. 나는 나라를 위해…… 아니, 입바른 소리는 그만 하자."

파렌은 손을 휙 저었다.

"난 사실 화가 나있어. 스코프의 사용법을 모르거든.

사실 여사님이 이걸 두고 가신 줄도 몰랐어. 며칠 전에 너희들이 말을 걸어줘서 겨우 알게 됐지."

참듯 소리 내어 웃은 파렌은 잠시 후 웃음을 멈추기 위해 큰 숨을 쉬었다.

"목소리라도 듣고 싶었는데……."

말을 줄인 그는 스코프를 지그시 바라봤다. 그로부터 반 시간 정도가 흐른 뒤, 파렌은 의자에서 일어나 램프의 불을 모두 끄고 서재를 떠났다. 서재에 깔린 어둠은 다음 날에도, 또 그다음 날에도 사라지지 않았다.

❦

파렌이 반가운 손님을 맞이한 것은 베르치 쉬레더 후작이 죽은 이후 꽤 긴 시간이 지난 뒤였다.

약속대로 군대를 이끌고 아이젠발트로 온 브리스톤의 대마법사, 아젤란도와 레드맨틀의 리더인 프란시스 페이건은 에스톨 왕자를 대신하여 자신들을 맞이하러 나온 파렌을 보고 심히 당황했다.

파렌이 에스톨 왕자를 도와 움직인다는 소문은 일찌감치 그들의 귀에도 들어간 상황이었지만 둘은, 특히 프란시스 페이건은 자신의 눈으로 보기 전까진 그 이야기를 믿지 않으려 했다. 하지만 근위대장 대리 자격으로 나온 파렌의 모습은 진짜였다.

프란시스는 내심 크게 실망했으나 아젤란도는 그렇지 않았다. 그 늙은 마법사는 파렌을 천천히 꿰뚫어 본 뒤 특유의 질 나쁜 미소를 지었다.

"드디어 제대로 움직이는군, 특무상사. 아니, 지금은 근위대장 대리인가?"

"실제 계급은 여전히 특무상사입니다."

"후후, 그렇겠지. 그래야겠지. 이거 재밌어지는군. 하하하하!"

아젤란도가 갑자기 크게 웃자 곁에 있던 프란시스 페이건을 비롯하여 파렌과 함께 나온 아레스, 오스틴 모두 어리둥절한 얼굴을 했다. 아젤란도가 그렇게 웃을 수 있다는 사실을 처음 안 프란시스는 특히나 당황했다.

"그래, 내가 뭘 도와주면 되겠나? 말만 하게. 해줄 수 있는 것은 다 해주지."

아젤란도의 물음에 파렌은 기다렸다는 듯 미소를 지었다.

"그럼 몇 가지를 부탁드리겠습니다."

주위 사람들은 서로를 보며 의미심장하게 웃는 둘을 숨죽이고 바라봤다.

파렌이 왕궁 안쪽을 향해 팔을 뻗었다. 그는 그냥 팔을 든 것뿐이지만 아젤란도와 프란시스를 따라온 레드맨틀

멤버들은 그의 검은색 소매가 차가운 공기를 가르는 모습에서 엄숙함을 느꼈다.

"일단 두 분을 회담장으로 모시겠습니다. 개인적인 대화는 이후에 적절한 장소에서 나누도록 하지요."

"그러세."

아젤란도는 흔쾌히 고개를 끄덕였다.

파렌은 왕궁 안에 마련된 회담장으로 손님들을 직접 안내했다. 왕궁을 걷는 동안 프란시스는 지나가는 사람들의 표정을 유심히 살폈다.

그는 에스톨 왕자의 섭정 소식을 얼마 전 아젤란도로부터 들었다. 바란투로스에 파견되어 있는 아젤란도의 제자들이 충실히 보고한 덕분인데, 당시 프란시스는 이야기를 듣자마자 기겁했다. 비겁한 후레자식, 혹은 감자싹수라는 에스톨 왕자의 악명을 알고 있었기 때문이다.

프란시스는 바란투로스의 분위기가 매우 흉흉할 것이라 예상했지만 분위기는 정반대였다. 일개 궁인부터 고위관료들까지, 지나가는 사람 모두의 표정이 밝고 활기찼다.

'도대체 무슨 마법을 부린 건가?'

고개를 갸우뚱하며 회담장으로 들어간 프란시스는 젊은 에스톨 왕자와 함께 갈색의 크고 중후한 원탁에 앉아 그들을 기다리고 있던 한 노인을 만나며 생각을 바꿨다.

"어서 오십시오, 명예로운 브리스톤의 동지들이여. 갑작스러운 일로 인해 여러분을 직접 맞이하지 못한 점, 깊이 사과드립니다."

친히 일어나 브리스톤의 손님들을 맞이한 노인은 얼마 전 에스톨의 손에 쫓겨난 외무대신이었다. 호엔 3세와 동갑이자 왕국의 실질적인 2인자로 평가받아 왔던 그는 에스톨이 가장 싫어하는 사람 중에 한 명이었지만 오늘은 어쩐 일인지 에스톨과 함께였다.

'코날드 메르켈 공작? 쫓겨났다고 들었는데?'

프란시스의 마음이 점점 더 혼란스러워졌다.

외무대신, 코날드 메르켈은 서류에 한눈을 판 나머지 손님들이 들어온 것도 모르는 에스톨 왕자를 부드럽게 다그쳤다.

"왕자마마, 손님들께서 오셨습니다."

"아, 미안하오."

에스톨은 서류를 놓고 자리에서 일어났다.

"아바마마를 대신하여 여러분들을 환영하오. 먼 길을 오시느라 수고가 많으셨소. 좀 더 성대히 환영해 드렸어야 하는데……."

"아닙니다, 왕자마마."

아젤란도가 고개를 반쯤 숙였다.

"사과해야 하는 쪽은 우리입니다. 바쁘신 와중에 미리

기별도 드리지 않고 방문한 점, 부디 넓은 마음으로 이해해 주십시오."

"아니오. 사실 요즘 너무 바빠서 그쪽이 기별을 줬다고 해도 제대로 대응하지 못했을 것이오. 이놈의 서류들은 정말 고어들만큼이나 저주스럽구려."

그의 말이 거칠어지자 외무대신이 당황했다.

"마, 마마. 너무 깊은 말씀은 조금……."

"아, 이런."

에스톨 왕자는 왼손을 들어 자신의 입을 가렸다. 그는 곧 손님들에게 정중한 목소리로 자신의 사정을 설명했다.

"사과드리오. 내가 외무대신께 아직 배우는 와중이라 말을 잘 가리지 못하오."

"괜찮습니다. 진심 어린 배움의 자세는 고귀한 법입니다. 실수 뒤에 감춰진 것이 성공이라 하지 않습니까? 너무 심려치 마십시오."

아젤란도가 좋은 말로 왕자를 띄워주자 프란시스는 다시금 놀라움을 감추지 못했다.

'대법관님께서 에스톨 왕자를 지지하시는 건가? 그럴 리가 없을 텐데?'

프란시스의 기억에 아젤란도는 분명 오늘 아침 바란투로스로 향하는 공간이동의 문을 열기 직전까지만 해도 에스톨에 대해 나쁜 이야기들을 신랄하게 늘어놓았다. 그런데 지금은 얼마 뒤 본대를 이끌고 바란투로스에 찾아올 자신들의 왕, 아셀 더 아발론을 대할 때보다 더 친절한 모습을 보여주고 있었다.

외무대신이 두 손을 조심스럽게 내밀었다.

"자, 모두 앉으시지요. 오늘은 회담 첫날이니 가벼운 이야기로 시작해 보겠습니다."

회담은 호엔 3세와 모든 면에서 대칭된다고 일컬어지는 외무대신의 푸근한 미소로 시작되었다.

그로부터 2시간 정도 이어진 회담은 양측의 조건을 좋은 방향으로 설정하는 것에서 끝났다. 나라 간의 협정이라는 것이 하루 이틀에 뚝딱 완성되는 것이 아님을 가정할 때 이날의 회담은 꽤나 성공적이라 할 수 있었다.

회담과 관련된 체력이 아직 부족한 에스톨 왕자는 외무대신이 회담 종료를 선언하자마자 어린아이처럼 한숨을 내쉬며 탁자에 엎드렸다. 외무대신이 급히 다그쳐서 일어나긴 했지만 왕자의 표정은 여전했다.

"마마께서 요즘 많은 일을 하시는 것 같습니다."

아젤란도의 말에 외무대신은 난처한 미소를 지었다.

"하하, 아닙니다. 제가 잘 모시지 못한 탓입니다. 수고 많으셨습니다, 대법관님. 프란시스 페이건 경께서도 고생하셨습니다."

"아닙니다. 좋은 자리였습니다, 메르켈 공작님."

서류를 정리하던 프란시스는 처음 들어왔을 때보다 훨씬 밝은 얼굴로 답했다. 프란시스가 방금 꺼낸 말은 솔직한 감상이었다.

외무대신 메르켈 공작은 양국의 자존심을 건드릴 수 있는 중요한 사안들을 놀라우리만치 부드럽게 풀어나갔다. 자신들이 내줘야 하는 부분은 기분 좋게 내주었고 지켜야 할 부분은 상대방이 다시 생각하게끔 만드는 화법을 이용하여 지켜냈다. 그런 와중에도 그 노인은 에스톨 왕자에 대한 가르침을 잊지 않았다. 프란시스는 그 모습을 통해 호엔 3세가 왜 여태껏 메르켈 공작을 은퇴시키지 않았는지 이해할 수 있었다.

"짧은 시간이었지만 공작님께 많은 것을 배웠습니다. 감사합니다."

외무대신은 인자한 표정으로 고개를 끄덕거렸다.

"내일은 루할트 죠안 총장과 함께 이야기를 나눠보도록 합시다. 총장이 내일은 꼭 돌아와야 할 텐데, 조금 걱정입니다."

군부총장, 루할트 죠안이 이 자리에 없는 이유는 에스톨이 강제적으로 내린 외박 처분 탓이 아니다. 어제 바란투로스 각지에 내린 폭설로 인해 길이 막혀 귀환이 늦어진 것뿐이다.

외무대신과 마찬가지로 그 딸기코의 군부총장 역시 자기 자리에 돌아온 상태였다. 자신이 왜 자리를 되찾게 됐는지 알고 있는 총장은 모든 인맥을 총동원해 최대한 빠르게 움직였다. 그 덕분에 바란투로스 군부는 혼란에서 벗어나 현재는 역전체들이 사용할 것으로 예상되는 유적들에 대한 대비에 몰두하고 있었다.

그저 호엔 3세가 이 자리에 없을 뿐이다. 프란시스는 잠시나마 그런 생각을 해봤다.

동석했던 파렌이 자리에서 일어나 에스톨에게 말했다.

"왕자마마, 오늘 오신 손님들은 소인의 저택으로 모시겠습니다."

그 말에 에스톨이 깜짝 놀랐다.

"괜찮겠소?"

"심려치 마십시오, 마마. 소인이 목숨을 걸고 손님들을 지켜 드리겠습니다."

"음, 그럼 믿고 있겠소. 병사가 필요하다면 언제든 말하도록 하오."

"알겠습니다, 마마."

프란시스는 파렌을 걱정하는 에스톨의 모습이 너무 어색하게 느껴졌다. 하지만 아젤란도는 뭐가 그리 즐거운지 얼굴에 그린 미소를 지우지 못했다.

회담장을 나선 프란시스와 아젤란도는 낯선 여성과 마

주쳤다. 주황색 단발의 그 젊은 여성은 중간 위치의 시녀를 상징하는 녹색 옷을 입고 있었다. 프란시스는 시녀 직위의 여성이 왜 이 중요한 회담장 밖에 있는지 궁금했지만 그의 의문은 얼마 못 가 해소되었다.

"오, 케이틀린."

외무대신과 함께 회담장을 바삐 나서던 에스톨은 시녀를 반갑게 대했다.

"날도 추운데 여기서 계속 기다리고 있었던 것이냐?"

"예, 왕자마마. 송구합니다."

"그렇구나. 하긴, 며칠간 너와 제대로 이야기를 하지 못했지. 내가 너무 무심했구나."

왕자의 위로에 시녀, 케이틀린의 표정이 밝아졌다. 하지만 그 온화한 분위기는 얼마 가지 못했다.

"그런데 이를 어쩌면 좋으냐? 난 지금 외무대신과 함께 급히 처리해야 할 일이 있구나."

"아……."

"미안하다."

에스톨은 시무룩해진 시녀의 어깨를 두 손으로 감쌌다.

"저녁식사에 내 친히 널 부르마. 모두 우리 바란투로스를 위한 일이니 부디 이해해 주길 바란다."

"예, 마마."

손님들과 간단히 인사를 나눈 왕자는 외무대신과 함께 집무실이 있는 곳으로 빠른 걸음을 옮겼다. 케이틀린은 말없이 허리를 굽혀 왕자를 떠나보냈다.

그녀의 앞을 파렌이 스치듯 지나갔다.

"가시지요. 제가 직접 두 분을 저택으로 모시겠습니다."

"알겠네."

알게 모르게 케이틀린을 살피던 아젤란도는 마법을 이용한 조사를 멈추고 자신의 원통형 모자를 만졌다.

"생각해 보니 자네의 저택은 오늘 처음 가보는군."

"너무 기대하시면 제가 곤란해집니다."

"곤란하라고 한 말이네."

농담 같은 말을 꺼낸 아젤란도는 파렌의 안내에 따라 발걸음을 옮겼다. 프란시스 역시 그 뒤를 따라갔다.

가만히 고개를 숙이고 있던 케이틀린은 파렌 일행과의 거리가 어느 정도 벌어지자 몸을 펴고 그들을 표독스럽게 노려봤다.

"파렌 콘스탄……!"

한이 섞인 목소리로 파렌의 이름을 읊조린 그녀는 다시 정색을 하고 자신이 있어야 할 곳을 향해 움직였다.

❧

파렌의 개인마차 앞까지 간 아젤란도는 예상보다 훨씬 더 작은 그의 마차를 보며 불편한 심기를 드러냈다.

"정말 자네다운 마차야. 아니, 마차라고 해야 하나? 인간 네 명이 탈 수 있는 작은 상자에 바퀴가 달렸고 그 앞에 말 두 마리가 묶여 있군. 한 마리가 아닌 게 이상할 정도야."

마부석에 몸을 구겨 넣은 오스틴은 머쓱하게 웃었고 마차 문을 붙잡은 채 대기하던 아레스는 코웃음을 쳤다.

"저도 요정이 끄는 호박마차가 아니라서 꽤 놀랐답니다."

아젤란도는 자신과 맞서서 농담을 늘어놓은 그 하얀 장발의 남자를 노려봤다.

"이 건방진 시종은 누군가?"

파렌이 그를 소개했다.

"저와 계약한 용병입니다. 이름은 아레스라고 합니다."

"용병?"

용병이란 말에 아젤란도는 팔짱을 굳게 끼며 탐탁지 않은 표정을 지었다. 그 늙은 마법사는 아주 개인적인 사정으로 인해 용병들을 대단히 혐오하고 있었다. 하지만 그런 사정이 없는 프란시스는 다른 반응을 보였다.

"아레스라……. 혹시 그대가 서부 지역의 용병왕이라 불리는 그 아레스요?"

아레스는 부끄럽게 웃었다.

"그 이름을 알고 계시다니, 부끄러워서 얼굴을 들지 못하겠습니다. 뵙게 되어 영광입니다, 프란시스 페이건 경."

프란시스의 얼굴이 밝아졌다. 그는 이야기로만 듣던 영웅을 직접 만나게 된 소년처럼 맑은 눈망울로 아레스를 다시금 살펴봤다.

"나야말로 영광이오. 작년 말, 연합군이 한곳에 모였을 때 그대와 그대의 친구들이 퀼파치 협곡에서 이뤄낸 일을 듣고 깊은 감명을 받았다오. 그 전설의 용병을 이렇게 만나다니, 정말 기쁘오."

"과찬이십니다."

겉으로 드러내진 않았지만 아레스 역시 프란시스와의 만남에 기뻐하고 있었다. 말을 타면 천하에 당할 자가 없다는 프란시스의 명성은 극히 일부만 알고 있는 아레스의 명성과 달리 일반인도 널리 알고 있는, 어찌 보면 진정한 의미의 전설이었다.

그러나 '전설의 용병' 이라는 말에 아젤란도의 불쾌감이 더욱 증폭되었다.

'만나는 용병마다 전설이로군.'

그는 다시 떠오른 랑펠 세르바토프와의 악연을 떨쳐 내려는 듯 머리를 천천히 흔들었다.

"이제 이 마차에 타면 되나? 계속 서 있으니 허리가 아 프군."

아젤란도가 묻자 아레스가 예의 바르게 허리를 굽혔 다.

"어서 오르시지요, 대법관님. 성심성의껏 모시겠습니 다."

"그러지."

아젤란도는 용병에게 다시금 눈총을 준 뒤 마차에 올 랐다.

이윽고, 마차가 출발하여 왕궁의 정문을 지났다. 팔짱 을 낀 채 눈을 감고 있던 아젤란도는 왕궁을 완전히 벗어 나자마자 눈을 뜨고 고개를 들었다.

"자네는 데보라에 대해서 어떻게 생각하나?"

아젤란도의 왼쪽에 앉아 있던 프란시스는 그의 뜬금없 는 말에 창밖에 두었던 시선을 안쪽으로 되돌렸다. 아젤 란도의 정면에 앉은 파렌은 잠시 여유를 두고 상대를 살 피다가 입을 열었다.

"믿을 만한 분이라고 생각합니다. 하지만 믿진 않습니 다."

"믿지 않는 이유는?"

파렌은 서슴없이 대답했다.

"전 마녀라는 족속을 싫어합니다."

그가 지금까지 누구와 함께 어떻게 싸워왔는지 알고 있는 프란시스는 조금 의아했지만 아예 이해를 못하는 것은 아니었다. 이유는 마법에 대한 반감이었다.

프란시스는 아젤란도와 처음 만나던 날을 떠올려 봤다. 브리스톤의 내전이 처절함의 극을 달리고 있던 16년 전, 당시 10대 중반인 프란시스는 백작 가문의 외아들임에도 불구하고 오로지 승마에만 관심을 쏟던 이상한 소년이었다.

그런 그의 운명을 바꾼 사람이 아젤란도인데, 어느 날 프란시스의 마구간에 나타난 대마법사는 어린 프란시스에게 '브리스톤의 진정한 왕을 모실 마지막 기사' 라는 예언을 한다. 전쟁과 정치 모두 관심이 없던 프란시스는 얼마 뒤, 마치 운명처럼 전쟁으로 부상을 당한 아버지 대신 영지를 지키기 위한 전투에 나서는데, 그는 첫 출정에서 자신에게 도전한 적군 총사령관을 단 일격에 처치하는 놀라운 전과를 올린다.

이후 레드맨틀에 입단하여 리더의 자리까지 오르게 된 프란시스는 이후 아젤란도가 아셀이라는 이름의 꼬마를 진정한 왕이 될 자라며 데려온 뒤 수많은 사람들 앞에서 그 증거를 보이자 섬뜩한 느낌을 받았다.

만약 마법이라는 것이 단순한 제3의 물리력이 아니라 인간의 미래까지 점칠 수 있는 놀라운 힘이고, 그 힘을 가진 자들이 세상에서 공개적으로 움직인다면 어찌 될까? 프란시스는 자기 자신에게 건넨 그 질문에 '끔찍한 혁명'이라는 회의적인 답을 내놓았다.

실제로 작년에 있었던 전쟁으로 인해 마법에 대한 소문은 여기저기로 크게 번졌다. 각국에서 정보를 차단하고 있긴 하지만 소문이라는 짐승은 제압이 심할수록 더 빠르게 달리는 법이었다.

마법에 대한 경외감과 두려움은 시간이 지나면 지날수록 더 커질 것이고, 머지않아 세계의 균형을 흔들 것이다. 사람들이 신을 믿을 때 종교인이 최고의 권력자였던 것처럼 사람들이 마법을 믿을 때 마법사가 세상의 권력을 쥐게 될 것은 말 그대로 뻔히 보이는 일이었다.

마녀 또한 그렇게 되지 않는다는 보장은 없었다. 최악의 경우, 세상은 마법사를 따르는 사람들과 마녀를 따르는 사람으로 나뉘어 또다시 오랜 전쟁에 빠질 수도 있었다.

그런 보수적인, 혹은 수구적이라고도 할 수 있는 생각을 가슴속에 품고 있는 프란시스는 파렌과 아젤란도의 대화에 깊은 관심을 가졌다.

아젤란도는 잠시 창밖을 보며 시간을 가진 뒤 그럴 줄

알았다는 듯 씩 웃었다.

"네벨과 데보라라는 개개인을 싫어하는 것은 아니고?"

"그렇습니다."

"흠, 애초부터 마녀들을 싫어하는 나로선 반가운 대답이지만 자네가 품은 이유는 조금 다를 것 같군. 들어볼 수 있겠나?"

"이 자리에서 말씀이십니까?"

파렌이 되묻자 아젤란도는 옆에 앉은 프란시스와 대각선 방향에 앉은 아레스를 차례로 봤다.

"마땅한 자리는 아니군. 그럼 내가 마녀들을 싫어하는 이유를 말해주지. 무슨 이야기를 먼저 해볼까나?"

아젤란도가 즐겁게 머릿속을 정리하는 한편, 아레스는 복잡한 얼굴로 고개를 갸우뚱했다.

'마녀라는 존재가 정말 있긴 있나 보군. 랑펠 세르바토프님이 마녀에게 홀려 사라졌다는 소문이 사실이었나?'

이윽고 아젤란도가 말했다.

"마녀는 일단 생산되는 존재라네. 누가 낳아서 기르는 것이 아니라 위치 메이커가 마녀의 자궁이라는 정체불명의 장소 혹은 장치를 통해 만들어내지. 위치 메이커는 자신이 만들어낼 마녀의 외모, 목소리, 성격, 그리고 마법을 사용하는 능력의 한계치까지 자기 마음대로 모두 정한 뒤 아이덴티티(Identity)라는 것을 설정한다네. 난 그것을 줄여서 ID라고 부르는데, ID야말로 마녀의 진정한 이름이라고 할 수 있지."

"장인들이 자신이 만든 상품에 숫자를 새기는 것과 비슷하군요."

"그렇다네. 굳이 비유할 필요도 없지. 마녀는 일종의 도구야. 무엇을 위해 만들어진 도구인지 아직 모를 뿐이네."

"인간을 초월한 도구란 말씀이십니까?"

파렌의 말에 아젤란도는 조소를 던졌다.

"자네답지 않은 말이군. 인간보다 뒤떨어지는 물건에 '도구'라는 말을 붙이진 않아. 아무리 싸고 하찮은 가위라 해도 인간보다 월등하다네. 맨손으로 가위처럼 종이를 날카롭게 자를 수 있는 인간은 세상에 없지."

"듣고 보니 그렇군요."

마차가 갑자기 크게 덜컹거렸다. 보수 작업이 덜된 길을 지난 탓인데, 마차의 완충장치가 좀 저급한 관계로 그 충격이 제법 컸다. 동물적인 반사신경이 다른 젊은이들보다 뒤떨어지는 아젤란도는 자못 놀란 듯 불쾌한 표정을 지었다.

"아무튼 지금까진 마녀들이 세상에 나오질 않았기에 큰 문제가 되지 않았지만 이제 상황이 변했네. 위치 메이커가 데보라를 통해 마녀들을 세상으로 내보내려 하고

있지. 처음엔 좋게 생각하려 했지만 불안감이 가시지 않
더군."

그러자 파렌이 기다렸다는 듯 질문했다.

"마법사로서의 걱정입니까, 아니면 세상을 사는 한 사
람으로서의 걱정입니까?"

"후후."

아젤란도는 창밖을 보며 쓴웃음을 지었다. 프란시스는
올 게 왔다고 느꼈고, 아레스는 파렌과 아젤란도가 눈에
보이지 않는 칼날로 서로의 심장을 겨누고 있는 느낌을
받았다.

"작년부터 느낀 것이네만 자넨 정말 무서운 친구야. 미
하엘과 역전체는 물론 우리 마법사와 마녀까지도 이 세
상에서 지워 버리는 것이 자네의 최종 목표겠지? 그래야
만 자네가 작년까지 살아왔던 별 볼일 없는 세계를, 현실
이라는 이름의 세계를 지킬 수 있을 테니까. 자네가 에스
톨 왕자를 돕는 것은 그 큰 목표를 이루기 위한 하나의 요
건에 불과하겠지."

아레스와 프란시스가 깜짝 놀랐다. 아젤란도의 말도
말이었지만 그에 대한 파렌의 반응이 너무 의외였기 때
문이다.

"잘 알고 계시는군요."

파렌은 웃고 있었다. 지금껏 지극히 일부만 볼 수 있었

던, 예를 들어 얼마 전 사망한 베르치 쉬레더가 마지막 순간에 봤던 바로 그 얼음미소였다.

"물론이지. 자네와 난 비슷한 구석이 많거든. 꾸고 있는 꿈도 비슷할지 모르겠군."

"대법관님의 꿈은 무엇입니까?"

무슨 대답이 나오느냐에 따라 앞으로의 일이 변한다. 마차에 탄 사람들 모두가 그렇게 생각했다.

아젤란도의 일그러진 미소가 차츰 누그러졌다. 팔짱을 낀 그는 조금 뒤 어깨를 들썩이며 껄껄 웃었다.

"벽난로 앞에서 딸기파이를 실컷 먹는 거지. 가족들과 함께, 아무 고민 없이."

잠시 정적이 흘렀다.

"그렇군요."

파렌의 미소가 온화하게 변했다. 고개를 흔들어 터져 나오려는 웃음을 애써 억누른 아젤란도는 오른손으로 얼굴의 오른쪽을 덮으며 낮게 중얼거렸다.

"난 너무 멀리 와버렸네. 이젠 달콤한 밀가루 음식을 마음껏 먹었다간 소화불량에 걸리는 나이가 되어버렸지. 하지만 자넨 아니야."

"……."

"데보라는 분명 한 번 죽었고 위치 메이커의 손에 의해 되살아났네. 비현실적인 일일 뿐만 아니라 그 밑에 깔린 저의가 의심스러운 일이지. 자네가 데보라를 의심하는 이유는 아마 그 때문일 거야. 죽음조차 초월하는 정체불명의 존재가 자네의 영역에 침범하려 하고 있으니까."

파렌은 그의 말을 부정하지 않았다. 부정할 필요가 없는 사실이기 때문이었다.

"그 일의 표면적인 이유는 마녀의 규합이라는 거대한 사명을 위해서지만, 실제로는 의외로 소박한 사명을 위한 것일 수도 있네. 물론 대단히 좋게 생각한 경우지만."

"데보라님을 믿으라는 말씀이십니까?"

"그건 아니야. 나도 데보라를 못 믿는 판인데 자네보고 믿으라고 할 수는 없지. 자네의 생각대로 일을 추진해도 좋고 지금 이 자리에서 달리 생각해도 좋네. 하지만 명심할 것이 있네."

"무엇입니까?"

"자네 역시 그 '비현실성'으로부터 자유롭지 못한 존재일 수도 있다는 점일세."

빙하처럼 침착하던 파렌의 얼굴이 일그러졌다.

"무슨 말씀이십니까?"

"등잔 밑이 어둡다. 아시엔 대륙의 유명한 속담이지."

아젤란도가 창으로 찌르듯이 물었다.

"자넨 자네와 자네의 부대원이 어떻게 만나게 된 것인지 생각해 본 일이 있나?"

파렌의 표정이 급속히 굳어지는 가운데 마차가 서서히 멈췄다. 마차를 모느라 여념이 없었던 오스틴의 목소리가 마차 밖에서 들렸다.

"저택에 도착했습니다."

아젤란도가 씩 웃으며 마차 문을 열었다. 찬 공기가 마차 안으로 쏟아져 들어왔다.

"내리세. 날씨가 춥군."

파렌은 얼어붙은 듯 자리에서 움직이지 않았다. 프란시스는 그를 걱정스럽게 바라보다가 아젤란도의 뒤를 따라 내렸다.

"어르신."

아레스가 파렌을 팔꿈치로 툭 쳤다. 움찔한 파렌은 잔뜩 긴장한 얼굴로 자신의 용병을 돌아봤다.

"지금 무슨 말이 오고 갔는지 하나도 모르겠지만 어르신과 저도 비슷한 점이 있는 것 같습니다."

그 백발의 용병은 마차에서 내리며 밝게 웃었다.

"트리니아 사람인 제가 바란투로스 사람인 어르신 밑에서 일하는 것도 누군가의 입장에서 보자면 꽤 재밌는 상황이지요. 그런데 제가 여기서 일하는 동안 어르신께 트리니쉬가 어쩌구 하면서 눈치를 준 사람이 있었습니까?"

"……."

"자신과 관계없으면 굳이 파고들려 하지 않는 게 사람이지요. 편하게 생각하십시오."

"음, 미안하네."

용병에게 사과를 한 파렌은 눈을 감고 심호흡을 했다. 지금 곁에 없는 동료들의 얼굴이 차례로 그의 뇌리를 스쳐 지나갔다.

'너희들마저도······?'

문득 어떤 생각이 그 뒤를 따랐다. 그것은 그가 여태껏 해왔던 생각 중 최고로 잔인한 것이었다.

파렌은 신경질적으로 눈을 떴다.

'쓸데없는 생각을 해버렸군.'

파렌은 급히 자리에서 일어나 마차에서 나왔다. 마차 밖에서 그를 끝까지 지켜보던 아레스는 한심하다는 듯 어깨를 으쓱인 뒤 그에게 접근했다.

"어르신."

아레스의 검은 망토 밑에서 파렌을 향한 참광(斬光)이 뿜어졌다. 마차 반대편에서 그 빛을 본 프란시스는 반사적으로 허리에 찬 장검에 손을 댔다.

'무슨 일인가!'

그렇게 바짝 긴장하는 한편으로 프란시스는 방금 전 본 검의 궤적을 다시 떠올리며 엉뚱한 연상을 했다. 다름이 아니라 파란 유리잔에 담긴 시원한 물의 모습이었다.

아레스는 왼손에 마저 검을 들며 파렌에게서 등을 돌렸다. 그의 검에 맞은 물체가, 정확히 파렌을 노리다가 튕겨 나간 단검이 하늘에서 배회하다가 둘 사이에 떨어졌다.

"일일행사를 잊으셨군요."

조롱 섞인 아레스의 미소가 짐승의 갈기처럼 내려온 하얀 장발 사이로 빛났다. 나름대로 약이 됐는지 파렌은 편하게 웃음을 흘리며 코트 주머니에 손을 넣었다.

"부탁하네."

마차 주변으로 검은 옷의 괴한들이 후두둑 떨어졌다. 장검을 빠르게 뽑은 프란시스는 괴한들의 자세와 무장을 보고 그들이 잘 훈련된 암살자임을 깨달았다.

아젤란도는 그제야 자신들을 저택으로 데려가겠다는 파렌의 말에 에스톨이 왜 그리도 걱정을 했는지 이해할 수 있었다.

'하긴, 일을 이렇게 키워놨는데 무사히 넘어갈 리가 없지.'

그런 그의 눈에 여전히 마부석에 앉아 있는 오스틴의 모습이 들어왔다. 아젤란도는 무기도 없거니와 일말의 긴장감조차 느껴지지 않는 그 거한의 모습에 의구심을 품었다.

암살자들의 수는 총 열 명이었다. 네 명은 파렌의 앞쪽에, 여섯 명은 뒤쪽에 있었는데 파렌이 마차에 등을 바짝 기대고 있는 관계로 뒤의 여섯 명은 파렌을 당장 공격할 수 없었다.

앞에 선 넷이 파렌에게 달려들자 아레스도 움직였다.

처음 두 명은 아레스가 휘두른 쌍검에 목이 날아갔다. 한 명은 뛰는 자세 그대로 목을 잃었고 다른 한 명은 본능적으로 팔을 들어 공격을 막으려고 했지만 아레스의 검은 그의 팔뚝까지 송두리째 앗아갔다. 팔이 늘어난 것처럼 보일 정도로 길고 빠른 공격이었으나 파렌과 오스틴 모두 신기하게 여기진 않았다. 자신들이 그보다 더 대단해서 그런 것이 아니라 아레스가 온 이후로 매일같이 봐 왔던 광경이기 때문이었다.

둘을 처리한 아레스의 양옆으로 암살자들이 지나갔다. 그들이 노리는 것은 오로지 파렌이었다. 동료의 죽음이나 하얀 장발의 훼방꾼 따위는 그 누구의 눈에도 담겨 있지 않았다.

아레스는 얼른 돌아서서 손에 든 검을 던졌다. 포경선의 작살처럼 날아간 두 개의 검은 암살자들의 뒤통수와 관자놀이를 관통했다. 즉사한 암살자들은 술에 취한 사람처럼 비틀거리더니 파렌의 앞에 털썩 쓰러졌다.

마차 건너편에 있던 암살자들 중 두 명이 아젤란도와 프란시스의 사이를 지나 마차의 지붕을 밟고 뛰어올랐다. 그사이 파렌 쪽으로 달려간 아레스는 앞서 쓰러진 암살자들로부터 검을 뽑아 들면서 마차 쪽으로 훌쩍 뛰었다.

오스틴이 탄 마차가 덜컹 흔들렸다. 마차 옆을 차고 뛰어오른 아레스는 위에서 떨어지는 암살자들의 목젖을 자르고 두 눈을 베었다. 끔찍한 비명이 아이젠발트의 밤하늘에 울려 퍼졌다.

아레스가 착지하는 것에 맞춰 남은 두 명의 암살자들이 마차의 좌우를 돌아 파렌에게 달려갔다. 오른쪽으로 방향을 잡은 아레스는 뛰기 직전 왼쪽에 든 검으로 바닥에 쌓인 눈을 후려친 뒤 오른손에 든 검으로 암살자를 어깨부터 허리까지 단숨에 베었다. 아레스가 쳐올린 눈가루에 얼굴을 맞은 암살자는 당황한 나머지 앞으로 자빠지고 말았다.

넘어진 암살자가 다시 일어나기 전, 아레스의 쌍검이 그의 몸을 뚫고 보도블록을 깼다. 암살자가 몸도 비틀지 못하고 즉사한 직후 그때까지 가만히 있던 오스틴이 마부석에서 일어나 기지개를 켰다.

프란시스와 함께 아레스가 만드는 참상을 지켜본 아젤란도는 제법이라는 듯 아래턱에 힘을 주었다.

"돈 들여 산 인간치고 괜찮군."

휘두를 일이 없었던 장검을 칼집에 집어넣던 프란시스

는 입술의 오른쪽 끝을 올리며 난감해했다.

"괜찮은 정도가 아닙니다. 키르히 펙터 중사보다 나을 지도 모릅니다."

나름대로 전문가의 입장에서 나온 의견이었다.

프란시스가 알고 있는 키르히는 움직임이 좀 단순한 면이 있지만 비인간적인 집중력과 정교함, 검으로 인간의 육체를 간단히 자르는 완력, 그리고 무서운 저돌성으로 무장한 괴물이었다. 그는 그런 인물이 세상에 둘은 없을 것이라고 확신했었으나 오늘 이 자리에서 생각을 바꿨다.

어디서도 본 적이 없는 아레스의 균형감각과 창의력, 그리고 키르히와 비교해도 손색이 없는 완력은 놀라울 따름이었다. 또한 왠지 모르게 광기가 느껴지는 키르히의 검술과 달리 아레스의 검술에선 대단한 자신감과 당당함이 느껴졌다.

'긍지를 가진 용병이라…….'

프란시스가 아레스의 검을 보고 시원한 물을 떠올릴 수 있었던 것은 하늘 아래에서 고개를 치켜든 백수의 왕처럼 한 점의 부끄러움 없이 시원한 그의 긍지 때문이었을 것이다.

그런데 아젤란도의 반응은 시큰둥했다.

"과연 그럴까?"

늙은 마법사의 중얼거림이 끝나기 무섭게 세 명의 암살자가 파렌의 저택 담장을 넘어 나타났다. 미리 잠복해 있던 것이다. 프란시스와 아젤란도라는 대단한 손님들 때문에 방심하고 있던 아레스는 자신을 넘어서 파렌에게 달려가는 암살자들의 모습에 당황했지만 그가 나설 일은 없었다.

아젤란도가 손뼉을 한 번 치자 화염덩어리 세 개가 피어올라 쏜살같이 날아갔다. 화염에 강타당한 암살자들은 뼈와 금속으로 된 물건만 남긴 채 바닥으로 우수수 쏟아졌다.

"내가 보기엔 도토리 키 재기군. 쓰고 있는 무기는 저질이고."

연기가 피어오르는 해골을 신발 끝으로 툭툭 건드려 보던 아레스는 아젤란도의 악평에 곧장 반응을 보였다.

"리제늄으로 만들어진 무기는 아니지만 그래도 명검 축에 속하는 놈들입니다. 수많은 사람들을 죽이고 살린 훌륭한 친구들이죠."

손바닥에 그렸던 마법진을 제거하던 아젤란도가 조소를 터뜨렸다.

"그럼 그 잘난 친구들을 나에게 좀 보여주겠나?"

아레스는 속으로 꿍얼거리며 검을 빼 들었다. 그의 말대로 강철로 된 검이었지만 프란시스의 눈엔 균형이 좋고 무게감이 있으며 디자인에 군더더기가 없는 훌륭한 물건으로 보였다.

아레스의 두 손에 들린 검들을 유심히 살펴보던 아젤란도는 오른손으로 수염을 만지며 감탄했다.

"두 검의 무게가 똑같군. 잘해야 머리카락 한두 개 차이야. 이렇게 정교한 작업을 보통 인간이 해낼 수 있단 말인가? 도대체 어디서 만든 것인가?"

"그건 잘 모르겠습니다. 저에게 검술을 가르쳐 주신 분께서 물려주신 녀석들이라서 말이지요. 여기서 말하기는 좀 그렇지만 사실 아레스라는 제 이름도 그분께서 지어주셨지요."

"가명이었군. 하긴, 그 나이의 트리니쉬가 진짜 이름을 쓰긴 어렵겠지."

아레스의 표정 한구석이 어두워졌다.

"아무튼, 친구들에게 작별이나 하게."

마법사는 피식 비웃더니 마력을 두 검에 집중했다. 자신의 검들이 보이지 않는 힘에 붙잡혀 공중으로 떠오르려 하자 아레스는 당황하여 힘껏 잡아당겼지만 아젤란도의 막강한 마력을 이겨내진 못했다.

공중에 뜬 검들은 새처럼 날아다니다가 서로 충돌하고 말았다. 검 중 하나는 가운데가 부러졌고 다른 하나는 끝이 망가져 수리가 불가능한 상태가 되고 말았다.

190

"아……."

신음을 터뜨린 아레스는 눈앞에서 애인을 잃은 사람처럼 어깨를 축 늘어뜨렸다. 오스틴은 기겁했고 프란시스는 보기 힘든 무기를 잃은 안타까움에 눈을 감았다.

아젤란도가 다시 코웃음을 쳤다.

"강도가 형편없군."

아젤란도의 한마디에 아레스가 발끈했다.

"이보십시오!"

"흥분하지 말게. 대신 새로운 친구들을 소개해 줄 테니까."

아젤란도는 파렌을 돌아봤다.

"펙터 중사가 쓰는 무기…… 도펠 슈트롬인가? 혹시 남는 것들이 있나?"

파렌이 기다렸다는 듯 대답했다.

"키르히가 쓰는 8번 모델은 작년 말에 제작이 종료되어 이제는 수리용 예비 부품들밖에 없습니다."

있다는 대답을 당연히 예상했던 아젤란도는 심장이 뜨끔했다. 더불어 그는 우울함과 분노에 휩싸인 아레스가 사납게 쏘아대는 살기까지 온몸으로 느꼈다.

용병의 입에서 욕설이 터지기 직전, 파렌이 빙긋 웃었다.

"대신 신형인 9번 모델이 있습니다."

"아주 다행이군."

아젤란도는 가시 돋친 목소리로 파렌의 장난을 질타했다. 다시 체면이 선 마법사는 자신의 뻣뻣한 수염을 만지며 아레스를 봤다.

"바란투로스의 군사연구기관에서 만든 정제된 리제늄 무기는 돈으로 살 수 없는 물건이지. 내가 그 물건을 자네에게 맞춰서 개조해 주겠네."

무기에 대해 잘 아는 사람들이라면 그 자리에 쓰러져 혼절할 만한 제안이었으나 아레스의 분노는 풀리지 않았다.

"전 그런 무기 없이도 충분합니다! 리제늄 무기를 개조할 능력이 있으시다면 제 무기들이나 고쳐 주십시오!"

"난 마법사지 대장장이가 아닐세."

"허!"

어이를 상실한 아레스는 양손으로 자신의 머리를 움켜쥐며 사방을 마구 둘러봤다. 아젤란도는 흥분한 아레스에게 조언하듯 말했다.

"미안하지만 자네가 앞으로 상대해야 할 적들은 그런 소중한 철검 따위로 없앨 수 있는 존재가 아닐세. 여기서 며칠 더 밥값을 하고 싶다면 고맙게 받도록 하게."

그래도 마음이 가라앉지 않는 듯 아레스는 부러져 떨어진 자신의 칼들을 주워 들며 한숨을 서글프게 쉬었다.

아젤란도는 시체 사이에 떨어진 파편 조각까지 찾아 헤매는 그 용병의 모습을 지켜보며 파렌에게 물었다.

"이것이 자네가 나에게 부탁하려던 일이겠지?"

"부탁드리려고 했던 일 중에 하나입니다."

"날 괴롭힐 생각을 열심히 했나 보군."

아젤란도가 씩 웃었다.

"노스페라투의 소유자가 그리도 눈에 걸렸나?"

현재 이 세상에 노스페라투를 가진 사람은 키르히 단한 명뿐이다. 노스페라투가 무엇인지 모르는 오스틴은 눈만 끔벅였고 프란시스는 어색한 기침을 했다.

파렌이 대답했다.

"만약의 경우에 대비하는 것뿐입니다."

"흠, 나쁠 건 없겠지."

아젤란도는 뒷짐을 진 채 마력으로 저택 대문을 열었다. 초대한 사람의 입장에서 문을 열려고 했던 파렌은 아젤란도의 옆에 가만히 서서 난감해했다.

대문을 지나던 아젤란도가 걸음을 멈췄다.

"내가 깜박 잊고 하지 않은 말이 있군."

"말씀하십시오."

"세상에서 가장 이기적인 개념 중에 하나가 바로 꿈이라는 것이네. 위대한 학자가 되겠다는 어떤 소년이 있다고 치세. 소년이 그 꿈을 이루기 위해선 같은 꿈을 품은 수많은 경쟁자들을 물리치지 않으면 안 되지."

파렌은 그 마법사가 왜 그런 덕담을 하는지 알고 있었다. 아젤란도는 파렌이 적으로 삼고 있는 존재가 누구인지 눈치 채고 있었다. 마법을 이용해 마음을 읽은 것이 아니라 긴 인생 경험을 통해 이런 일이 벌어질 것을 미리 예상했기에 가능한 일이었다.

파렌이 직선적으로 물었다.

"그것은 야망입니다. 야망과 꿈은 다른 것이 아닙니까?"

"다르지. 하지만 어떻게 쓰고 어떻게 읽느냐의 차이일 뿐이네."

파렌의 표정이 무거워졌다. 아젤란도의 뻣뻣한 수염 사이로 쓴웃음이 나왔다.

"자네의 이야기가 내가 예상하는 결말로 가지 않길 빌지. 자, 들어가세."

파렌은 아무 말 없이 그를 저택 안으로 안내했다.

그들을 따라 들어가려던 오스틴이 걸음을 멈추고 아레스를 봤다.

"도와드릴까요?"

쭈그려 앉은 채 파편들을 찾던 아레스가 제법 큰 소리로 대답했다.

"시체도 치워야 하니 빗자루 좀 만들어서 갖다 주겠나?

그 똥 같은 늙은이의 수염으로 말이야!"

오스틴은 흉터가 잔뜩 있는 자신의 대머리를 멋쩍게 매만졌다. 아젤란도는 듣는 둥 마는 둥 하며 저택 안으로 들어갔다.

Chapter 18 부정한 힘

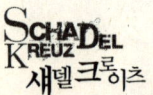

SCHÄDEL
KREUZ
새델크로이츠

키르히는 마차 안에서 군복을 다시 입었다. 낮에 듀라한들과 싸우던 도중 고장이 나버린 그의 옷은 데보라의 응급수리를 거쳐 다시 원래의 붉은색으로 돌아와 있었다.

이제 코트만 입으면 되는 키르히는 잠깐 손을 놓고 마차의 창밖을 바라봤다. 밤인데도 밖은 밝았다. 마녀들이 만든 마법의 등불들이 아이젠발트에 설치된 가로등보다 훨씬 더 밝게 어둠을 쫓고 있었다.

"저것도 마법이라 이거지?"

질문을 받은 사람은 히스였다. 낮에 당한 부상은 대부

분 치유가 됐지만 기운이 많이 빠져서인지 그 이색홍채의 청년은 간이침대에서 일어나질 못하고 있었다.

히스는 눈을 감은 채 아무 말도 하지 않았다. 사이가 안 좋은 것도 이유지만 히스는 본래 말이 적은 성격이었다. 대답을 기대하진 않았던 키르히는 그냥 코트를 걸치고 마차 밖으로 나갔다.

키르히는 웬일로 한 자리에 앉아 있는 카샤와 니콜라의 옆으로 갔다. 그녀들은 통나무를 절반으로 잘라 눕혀 만든 벤치에 앉아 있었는데, 벤치들은 사람도 통째로 넣을 수 있을 만큼 큰 가마솥 주변을 빙 두르듯 놓여 있었다.

그런 가마솥과 벤치의 조합은 총 네 개였다. 키르히가 있는 곳 외에 다른 세 곳엔 그동안 숲 이곳저곳에 흩어져 있던 마녀들이 모여서 요리와 독서, 마력을 이용한 오락, 오늘 자신들을 구해준 손님들에 대한 이야기 등을 하고 있었다.

모여 앉은 마녀들의 대부분은 나이가 어렸다. 젊다 싶어도 10대 후반이었다. 나이가 있는 마녀들은 듀라한들을 앞세운 신성교단의 첫 공격에 대부분 죽임을 당했고, 살아남은 자들은 이후 이어진 듀라한들의 사냥에 목을 잃었다.

듀라한은 마녀들을 사냥할 때 나이가 많은 마녀를 우

선대상으로 삼았는데, 테르나는 그것을 지휘 계통 와해 및 협박 대상에 대한 압박을 가중시키기 위한 행동이라고 해석했다. 듀라한들이 무차별로 마녀들의 목을 가져갔다면 그들의 협박 대상인 그랜드 마더가 애초에 포기를 하고 입을 닫아버렸겠지만, 나이가 많은 마녀들부터 차례로 제거되고 있음을 보여준다면 최후의 대상이 될 어린 마녀들에 대한 걱정과 부담감은 그랜드 마더에게 있어서 그 어떤 고문보다도 큰 압박감으로 작용할 것이다.

그 악몽과도 같던 사냥은 이제 끝났지만 그 사실에 기뻐하는 마녀는 아무도 없었다. 그동안 이 숲에서 살던 마녀들 중 절반 이상이 죽었고 그랜드 마더는 여전히 사로잡힌 상태였기 때문이다.

키르히의 마음도 편하진 않았다. 이 숲 바깥쪽에 있는 신성교단과의 싸움은 아직 시작조차 안 한 상황이었다. 파렌이 말해준 대로 일이 쉽게 풀려준다면 괜찮지만 만약의 상황을 풀어줘야 할 프란츠와 테르나, 리벨은 다른 한 대의 마차 안에서 결론이 나지 않는 회의를 계속하고 있었다.

'파렌은 이런 고민을 매번 했단 말이지? 게다가 항상 성공시켰고 말이야.'

불과 며칠 만에 상관의 빈자리를 크게 느낀 키르히는

양손으로 얼굴을 덮고 피곤한 숨을 내쉬었다.

고민하는 키르히에게 니콜라가 철로 된 군용 컵을 두 손으로 내밀었다.

"이거 드세요, 주인님."

키르히는 아무 생각 없이 컵을 들고 안에 든 것을 마셨다. 이가 시릴 정도로 차가운 물이라 그는 흠칫했지만 괜히 니콜라의 심기를 건드리고 싶진 않았기에 그냥 천천히 마셨다.

"다음엔 따뜻한 물을 주면 안 될까?"

그러자 니콜라의 옆에 앉은 카샤가 낄낄대며 웃었다.

"몇 초 전까지만 해도 따뜻한 물이었도다."

키르히는 주변을 냉각시키는 니콜라의 특성을 떠올리고는 피식 웃었다.

"뭐, 아무렴 어때."

물을 한 모금 더 마신 키르히는 자신들 사이에 놓인 큰 가마솥을 고고학자처럼 진지하게 바라보는 알렌과 슈이에게 눈을 돌렸다.

"너흰 거기서 뭐 해?"

알렌이 팔짱을 낀 채 대답했다.

"슈이가 계속 헛소리를 하잖아."

"헛소리?"

"마녀들이 이 가마솥에 사람을 넣고 끓인 적이 있었을

거라네? 말이 된다고 생각해?"

키르히는 슈이다운 창의력이라고 생각했다.

목도리를 코 위쪽까지 두른 슈이가 인상을 썼다.

"우리 둘만의 문제야. 키르는 엮지 마."

"누가 엮는대? 그냥 물어본 것뿐이잖아?"

"이런 일로 키르를 힘들게 하고 싶지 않아. 내 마음을
아프게 하지 마."

니콜라와 카샤가 키르히를 흘끔 봤다. 키르히 본인은
어이없고 무안한 듯 귀밑을 긁적거렸다.

알렌이 어깨를 으쓱했다.

"그래, 알았어. 사람이 들어갔을 수도 있는 가마솥이라
고 해두자. 이제 됐지?"

"다시는 키르를 엮지 않겠다고 약속해 줘."

"예, 그러지요."

포기한 듯 손을 저은 알렌은 통나무 벤치에 털썩 앉았
다. 절반의 승리를 확보한 슈이는 두근두근하는 눈으로
가마솥을 지그시 바라봤다. 알렌과 슈이의 그런 쓸데없
는 말싸움은 작전을 위해 밖에 나갈 때마다 벌어졌고, 대
부분 알렌이 양보하는 선에서 이야기가 마무리됐다.

'뭐 하는 거야.'

속으로 중얼거린 키르히는 자신이 지금껏 무슨 정신으
로 저 '군인'들과 함께 무서운 고어들을 상대로 싸워왔

는지 갑자기 궁금해졌다.

알렌이 말했다.

"그건 그렇고, 이 가마솥들은 멀쩡하네? 마을은 완전히 폐허가 됐는데 말이야."

알렌이 장갑을 낀 손으로 가마솥의 표면을 만졌다. 일행의 앞에 놓인 가마솥에는 불이 들어가지 않았다. 그녀의 말대로 이 검은색의 가마솥들은 철저히 파괴된 마녀의 집들과 달리 오늘 아침에 대장간에서 찍어냈다고 해도 믿을 수 있을 만큼 깨끗했다.

"부수기도 힘들어 보인다만?"

카샤가 천연덕스럽게 말하자 니콜라가 고개를 가로저었다.

"정말 많이 망가졌구나, 카샤."

"뭐라?"

카샤가 꼬리를 바짝 세우며 으르렁거렸다. 니콜라는 응시하지 않고 하려던 얘기를 계속했다.

"저 가마솥은 리제늄으로 만들어진 거랍니다."

"리제늄?"

리제늄에 대해 잘 모르는 카샤는 입술만 불쑥 내밀었지만 키르히와 알렌, 슈이는 깜짝 놀랐다. 알렌은 믿기 힘들다는 얼굴로 가마솥을 다시 만졌다.

"이 정도 양의 리제늄을 마녀들이 가지고 있단 말이야?

그것도 가마솥 따위로 사용하기 위해서?"

리제늄은 이 세계에서 가장 희소가치가 높고 금속으로서의 능력이 가장 좋은 물질로서, 니콜라의 말이 사실이라면 지금 이 장소에 있는 가마솥들을 돈으로 환산할 경우 일반인은 상상할 수 없을 만큼의 숫자가 나오게 된다.

그런데 니콜라는 별일 아니라는 듯이 말했다.

"리제늄을 원하신다면 산더미만큼 구해 드릴 수도 있답니다."

"뭐?"

알렌이 다시 놀랐다. 니콜라는 들고 있는 컵의 물을 홀짝 마셨다.

"여러분은 리제늄의 원석을 보신 일이 있습니까?"

그녀의 질문에 키르히들은 서로의 얼굴을 바라봤다. 침묵이 한참 이어지는 가운데, 슈이가 눈썹 사이를 일그러뜨리며 말했다.

"리제늄 광산은 들어봤지만 원석은 본 일이 없는 것 같아."

"하도 귀해서 그런 거 아냐?"

키르히가 중얼거리자 니콜라가 꾸중하듯 그를 빤히 바라봤다.

"여러분들이 말씀하시는 리제늄은 채광으로 구할 수 있는 물건이 아닙니다. 굳이 말하자면 발굴에 가깝지요."

"발굴?"

발굴과 채광은 의미가 완전히 다르다. 그 차이를 알고
있는 일행은 잠시 말을 잃었다.

"여러분의 멍청한 얼굴을 보니 그 이상의 이야기는 꺼
내봤자 의미가 없겠군요. 여기까지 하지요."

주인으로 삼은 키르히까지 바보로 싸잡으며 말을 끊은
니콜라는 다시 카샤를 봤다.

"넌 정말로 저 물건에 대해 모르니?"

"오늘 처음 봤도다."

"그럼 네 의식이 시작된 시점은?"

카샤는 니콜라가 오늘따라 별걸 다 묻는다고 생각했
다.

"238년 전? 아니, 239년 전이라고 해야 하나? 대충 그
럴 거다."

"그렇구나."

니콜라가 갑자기 두 팔을 번쩍 들었다.

"나처럼 팔을 들어봐."

"응?"

카샤는 아무 생각 없이 두 팔을 들었다. 키르히 일행은
관심 어린 눈으로 둘을 지켜봤다.

갑자기 니콜라가 카샤의 털옷을 붙잡더니 위로 확 젖
혀 올렸다. 상하 구분이 없는 카샤의 원피스 털옷은 목

바로 아래까지 올라갔고, 그 바람에 카샤의 적토색 속살
이 남김없이 드러나고 말았다.

아주 긴 정적이 흘렀다. 카샤의 가슴 사이를 뚫어져라
살펴본 니콜라는 한숨을 폭 쉬었다.

"영구염정(永久炎晶)의 장착이 늦었던 것 같네. 어쩔 수
없지."

중얼거린 니콜라는 카샤의 옷을 다시 내려주었다. 의
식이 잠시 끊어질 정도로 당황한 카샤는 양팔로 몸을 급
히 가리며 주변을, 특히 이 자리에서 유일한 남자인 키르
히를 다급히 바라봤다.

특유의 집중력 덕분에 이미 '볼 것'을 다 본 키르히는
작은 친구의 뻘건 표정을 보고 코웃음 소리를 냈다.

"어쩌라고?"

장난에 가까운 그의 질문에 카샤의 머리털과 어깨, 그
리고 꼬리가 바짝 곤두섰다.

"어쩌라고, 라니? 본좌의 몸을 봤지 않느냐!"

살아오면서 이런 일을 처음 겪은 카샤는 정신없이 화
를 냈다. 하지만 키르히는 아까 벌어진 일을 지나가다가
잠깐 본 황당한 장면 정도로 치부하고 있었다.

"봤다기보다는 보였지. 별로 볼 것도 없던데?"

"그래도!"

"그러긴 뭐가 그래?"

"으……!"

키르히의 밀어붙이기 식 말투에 카샤는 어찌 대응하지 못했다. 그저 입만 벌린 채 신음에 가까운 소리만 낼 뿐이었다.

키르히는 피식 웃었다.

"내가 행여나 이상한 생각이라도 할까 봐 걱정하나 본데, 오해하지 마. 난 애들 보고 이상한 상상을 할 만큼 머리가 좋은 놈이 아니니까."

"지금 본좌를 애라고 했나?"

"애가 아니면 뭡니까?"

"이놈이!"

카샤가 벌떡 일어났다. 키르히는 손으로 그녀의 머리를 누르듯 쓰다듬을 뿐, 아예 상대조차 하지 않았다.

"알렌, 우린 뭐 안 먹어? 지금 저 마녀들만 신나게 먹고 있잖아?"

"아까 파우샤님이 사슴을 잔뜩 잡아오셨어. 우리 몫도 있는데, 지금 먹을까?"

"사슴은 좀 질기던데."

"야생동물 고기가 다 그렇잖아."

"일단 좀 먹자. 배가 고파서 미칠 것 같아."

"알았어."

알렌은 즐거운 얼굴로 고기를 가지러 떠났다.

완벽히 무시를 당한 카샤는 고개를 푹 숙인 채 부들부들 떨었다.

알렌이 올 때까지 가만히 기다리기가 그랬는지 키르히는 마차에서 고기를 굽기 위한 도구와 식기, 장작을 빼서 가마솥 옆에 설치했다.

설치를 마친 그는 장작더미 앞에 쭈그려 앉아 고민했다.

"이제 불을 피워야 하는데……."

그는 옆에 가만히 서 있는 카샤에게 장작개비를 내밀었다.

"어이, 불 좀 붙여봐."

굴욕감에서 아직 벗어나지 못한 카샤는 뻔뻔하게 불을 요구하는 키르히를 보고 다시 화를 버럭 냈다.

"본좌 같은 애한테 뭘 바라는 건가!"

"불."

"……."

"고기 안 먹을 거야?"

마침 배가 고픈 참이었던 카샤는 입으로 불꽃을 뿜으려다가 입술을 꽉 깨물었다. 이대로 키르히에게 끌려갔다간 존중은커녕 애완용 원숭이 신세에서 벗어나지 못할 것임을 직감한 것이다.

번뇌하는 그녀에게 니콜라가 말했다.

"포기하면 편해."

"······."

조금 뒤, 종이에 잘 싼 사슴고기를 들고 일행이 있는 곳으로 돌아온 알렌은 오른손으로 열심히 장작의 불을 관리하고 불판을 달구는 키르히의 모습을 보고 빙긋 웃었다.

'역시, 변하긴 변했네.'

예전의 키르히였다면 미리 준비를 하기는커녕 빈둥대면서 '자신은 원래 이런 놈'이라는 말을 지껄였을 것이다. 하지만 최근의 키르히는 좀 달랐다. 불평불만은 여전했지만 말만 그럴 뿐, 예전보다 확실히 적극적이었다.

파렌의 부재 때문에 책임감이라는 것을 가지게 된 것일지도 모른다. 긍정적인 성격의 소유자답게 좋은 쪽으로 생각해 본 알렌은 고기를 장작불 옆에 내려놓았다.

알렌은 문득 키르히의 왼손을 봤다. 카샤가 눈가를 눈물로 적신 채 그의 왼손을 물고 늘어지고 있었다. 장갑 때문에 이빨이 살에 박히진 않았지만 그래도 꽤 아파 보였다.

"오랜만에 보는 모습이네? 근데 왜 그래?"

그녀가 걱정하여 묻자 키르히는 태연한 얼굴로 대답했다.

"장작에 불을 붙이더니 갑자기 물더라고."

"근데 왜 오빠 손을 문 채로 울어?"

"낸들 아나."

고개를 갸웃거린 알렌은 집게로 고기들을 불판 위에 얹었다.

카샤가 키르히의 손을 놓아준 것은 고기가 다 구워진 뒤였다. 적당히 구워진 고기를 가위로 잘게 잘라 접시에 잔뜩 담은 알렌은 미리 준비한 갈색 소스를 뿌린 뒤 그것을 가장 먼저 카샤에게 건네주었다.

"자, 먹고 힘내."

굴욕으로 우울했던 카샤에겐 정말 큰 응원이었다.

"우와!"

행복한 얼굴로 고기를 받아 든 카샤는 포크로 고기들을 하나씩 찍어 입에 넣었다.

고기 두 접시를 담은 슈이는 그것을 들고 히스가 있는 마차로 향했다. 자기 몫의 고기를 챙기던 키르히는 마차 안으로 들어가는 슈이를 보며 중얼댔다.

"히스 녀석이 고기를 저렇게 많이 먹었나?"

알렌이 어깨를 으쓱했다.

"슈이가 많이 먹이지."

"입에 처넣는단 말이야?"

"누나의 권한이라고나 할까? 그렇다고 고문하듯이 먹

이는 건 아냐."

"그럼?"

"안 먹으면 울어버리지."

"오우."

생각만 해도 끔찍했는지 어깨를 한 번 움츠린 키르히는 접시를 들고 자기 자리로 돌아갔다.

카샤가 두 번째 접시를 반쯤 비울 무렵, 네벨이 일행 쪽으로 힘없이 걸어왔다.

"저도 좀 주세요."

고기를 씹던 키르히가 깜짝 놀랐다.

"웬일로 고기를 찾아?"

"좀 지쳐서요."

암묵적으로 고기를 배급해 주는 역할을 맡게 된 알렌은 씹기 좋게 구워진 고기를 골라 접시에 올려놓았다. 다른 일행에 비해 양은 적었지만 네벨이 평소에 먹는 식사량에 비하자면 두 배에게 가까운 분량이었다.

그런데 네벨은 그것들을 아무 말 없이 잘 씹어 삼켰다. 고기 냄새만 맡아도 헛구역질을 하던 평소와는 확연히 다른 모습이었다.

옆에서 그 광경을 지켜보던 키르히가 조심스럽게 물었다.

"누가 고기 안 먹는다고 욕했어?"

"중사님께서 계속 시비를 거셨죠."

키르히가 움찔했다.

"난 고기를 안 먹으면 가슴이 안 커진다는 말밖엔 안 했는데?"

"……."

네벨은 물론 그 자리에 있는 여자들 모두가 키르히를 쳐다봤다. 그 분위기를 읽지 못한 키르히는 먹는 것에 열중했다.

고기의 맛과 포만감으로 굴욕감을 씻어낸 카샤는 세 번째 접시를 받기 위해 일어나며 네벨에게 물었다.

"무슨 얘기를 그리도 오래 했나?"

네벨이 그녀를 응시했다.

듀라한의 처리를 마친 뒤, 네벨은 데보라와 함께 이 지역의 마녀들과 긴 이야기를 나눴다. 처음에는 그랜드 마더와 관련된 진지한 이야기들이 오고 갔지만 어찌 된 일인지 막판에는 프란츠 일행과 관련된 마녀들의 질문 공세에 시달려야 했다.

가장 많이 들어온 질문은 다름 아닌 키르히에 대한 것이었는데, 마녀들은 그에게 애인이 있냐는 기초적인 질문부터 리벨 클리츠와는 무슨 관계냐는 '다소' 심충적인 질문까지 가리지 않고 던졌다.

견디다 못해 거의 탈출하다시피 한 네벨을 자극한 것

은 이상하게도 일행이 즐기고 있는 사슴 고기의 냄새였다.

네벨은 고기를 소스에 잘 적시며 대답했다.

"좀 가벼운 이야기였습니다."

"그래?"

카샤는 그냥 그런가 보다 하고 말았다. 그런데 그녀의 그 질문이 역으로 네벨의 궁금증을 자극했다.

"아, 중사님."

"왜?"

네벨을 문득 본 키르히는 그 여자아이가 자신의 옆에 거의 붙어 있다는 사실을 뒤늦게 느꼈다.

"클리츠 상사님과는 왜 사이가 안 좋으신가요?"

대답없이 고기를 씹으며 시간을 보낸 키르히는 다 비운 접시를 바닥에 내려놓고 손수건으로 입 주변을 닦았다.

"그게 왜 궁금한 건데? 너 그거 아침에도 물어봤잖아?"

"예? 소녀는 단지……."

네벨은 말끝을 줄였다. 다른 마녀들이 물어봐서 그랬다는 말은 도저히 할 수 없었다.

"뭐, 됐어. 소화도 할 겸 얘기해 주지."

키르히는 턱을 왼손에 괴었다.

"훈련소에서 1년 정도를 보냈을 무렵일 거야. 당시 리벨은 다른 동기들한테 자주 괴롭힘을 당했는데, 이유는 그 재수없는 얼굴 때문이었지. 계집애가 왜 남탕에서 목욕을 하느냐, 왜 자기들이랑 화장실을 같이 쓰려고 하느냐, 치마는 왜 안 입느냐, 기타 등등."

"좀 심했지."

그때를 떠올린 알렌이 아쉬운 미소를 지었다.

네벨이 말했다.

"그래서 중사님이 구해주셨나요?"

키르히가 눈을 똥그랗게 떴다. 네벨은 자신이 말을 잘못 꺼낸 것이 분명하다고 생각했다.

사과를 하려던 그녀에게 키르히가 물었다.

"어떻게 알았어?"

네벨이 어색하게 웃었다.

"왠지 그럴 것 같았어요."

"그래? 괴롭힌 쪽이 아니냐는 말을 자주 들었는데, 의외네."

씩 웃은 키르히는 얘기를 하기 전 떫은 표정을 지었다.

"그런데 그놈은 근본부터 잘못된 놈이었어. 괴롭힘당할 만했지."

"예?"

네벨의 궁금증이 더욱 깊어졌다.

"어느 날, 먼지가 나도록 맞던 리벨 녀석을 내가 구해 줬지. 물론 구하고 싶어서 구한 건 아니었어. 파렌이 좀 도와주라고 해서 나선 것뿐이야. 덕분에 그나마 친했던 놈들이랑 완전히 갈라서게 됐지."

"예? 그 말씀은……."

"난 리벨을 괴롭혔던 놈들이랑 친했거든. 뭐, 옛날 얘기야."

그때의 기억을 떠올린 키르히는 왼손으로 머리를 긁었다.

"그런데 그 다음날부터 리벨 녀석의 상태가 이상해졌어. 나만 보면 잔소리를 해대고, 내가 하는 일마다 끼어들어서 귀찮게 했지. 짜증나잖아! 지가 뭔데? 그게 근본부터 잘못된 놈이 아니고 뭐야?"

네벨은 성질을 내는 키르히를 자못 놀란 얼굴로 바라봤다.

'클리츠 상사님이 그런 분이셨나?'

리벨에 대한 그녀의 첫 인상은 꽤 좋은 편이었다. 키르히의 경우엔 첫 만남 때 '화장실에 안 보내주디?'라는 저질스런 질문으로 스스로의 이미지를 폭락시켰으나 리벨은 깔끔한 매너로 믿음을 다졌다. 하지만 사교적인 행동을 전혀 하지 않았기에 네벨의 기억에서 그가 차지하는 부분은 점점 작아졌다.

키르히가 오늘 들려준 이야기는 그 작은 기억마저 부정적으로 바꿀 만한 힘을 가지고 있었다.

키르히의 악담은 계속됐다.

"훈련소 성적으로만 따지자면 녀석이 파렌과 테르나 다음으로 높긴 한데, 솔직히 말해서 그 성적이 꼭 절대적인 건 아니야. 그놈은 실전만 들어갔다 하면 허둥거리는 경향이 있거든. 그것 때문에 작년에 우리가 얼마나 고생했는지 넌 모를 거야."

그러자 알렌이 황급히 말했다.

"보레트문트의 일을 말하는 거야? 그건 좀 봐주지 그래?"

그녀가 말한 보레트문트의 일이란 작년에 파렌이 카샤를 만나기 위해 아시엔으로 떠난 사이 아이젠발트 근처의 보레트문트 지방에서 벌어진 고어 처리 작전을 말한다.

때마침 폴스켄 시몬스까지 급한 출장을 가버린 터라 리벨이 크로이츠 부대의 현장 지휘를 맡게 됐는데, 그가 당시 나타난 시더의 숫자를 오인하는 바람에 사건은 크게 번질 뻔했고, 리벨 자신은 며칠간 영창 신세를 져야만 했다.

키르히의 목소리가 커졌다.

"봐주긴 뭘 봐줘? 놓쳐 버린 시더를 잡겠다고 그놈 혼자 날뛰는 바람에 고생은 내가 다 했다고! 고어들한테 포위된 그놈을 내가 구해줬어! 지가 무슨 공주야? 매번 내가 구해주게?"

"그럼 그 공주의 생각을 들어볼까?"

뒤에서 들려온 프란츠의 목소리에 키르히의 몸이 얼어붙듯 멈췄다. 때마침 회의를 끝내고 마차에서 나온 프란츠와 테르나, 그리고 리벨이 키르히의 뒤편에 나란히 서 있었다.

테르나가 활짝 웃었다.

"우리 키르히, 또 몰래 리벨 얘기를 해버린 거야? 그럼 못써."

키르히가 벌떡 일어나 항변했다.

"일부러 그런 게 아니야! 꼬마가 물어봤다고! 진짜야!"

"예, 그렇겠지요. 진짜겠지요. 누나는 다 알고 있어요. 우후후."

팔을 번쩍 들어 키르히의 머리를 토닥여 준 테르나는 프란츠와 함께 고기가 구워지는 불판 옆으로 갔다.

"우와, 전부 알렌이 구운 거야? 이제 시집만 가면 되겠네?"

"하하……."

알렌이 머쓱하게 웃었다. 테르나에게 접시를 건네받던 프란츠가 주변을 돌아보며 물었다.

"슈이는 어디 있지?"

"히스랑 함께 먹겠다고 했어."

프란츠가 쓴웃음을 지었다.

"지금쯤 히스에게 꾸역꾸역 먹이고 있겠군."

"그렇겠지. 아, 접시 줘. 내가 담아줄게."

"그래 주겠나?"

프란츠는 기꺼이 접시를 건네줬다. 알렌은 왠지 기분이 좋아 보이는 그녀의 모습에 안도감을 느꼈다.

키르히는 슬그머니 리벨을 봤다. 테르나보다 키가 작은 그 금발의 미청년은 불쾌감이 일렁거리는 눈빛으로 키르히를 노려보고 있었다. 그와 눈을 마주친 키르히는 떫은 표정으로 상대를 응시하다가 얼마 지나지 않아 눈을 다른 곳으로 돌렸다.

"난 바람이나 쐬다 올게. 고기만 먹어서 그런지 속이 좀 거북하네."

키르히가 그렇게 공표하고 자리를 뜨려는 순간 프란츠가 잡아채듯 말했다.

"전달사항이 있으니 앉아 있어."

"……."

"대답이 없군?"

"있을게요."

그는 얼른 자리에 앉았다. 카샤는 꼴좋다는 듯 앙금이

섞인 미소를 지었고, 리벨은 키르히의 갈색 머리를 한참 쏘아보다가 빈자리에 가서 앉았다.

프란츠는 일행 모두를 둘러본 뒤 이야기를 시작했다.

"데보라 여사님께서 듀라한들의 갑옷을 조사하시던 중 재미있는 물건을 발견하셨어. 바로 이거야."

프란츠는 군복 뒷주머니에서 우윳빛 헝겊에 싸인 어떤 물건을 꺼냈다. 그 헝겊은 그냥 흔한 옷감이 아니라 마력이 깃든 실로 만들어진 일종의 차단막이었다. 헝겊에 감싸인 것은 보라색의 작은 수정이었는데, 그 수정에서는 듀라한들의 갑옷 틈새에서 뿜어내던 푸른색 연기가 솟아올랐다.

"이것이 투구 부분에 숨겨져 있었더군. 우리가 투구를 우선적으로 노리는 바람에 멀쩡한 것은 이것뿐이었어. 여사님께서는 이것을 코어(Core)라고 하셨는데, 일종의 기록 장치와 같은 물건이라는군. 여사님께서 마법으로 분석하신 결과 이 안엔 듀라한들이 어디서 어디로 이동했고, 누구와 어떻게 싸웠으며, 어떻게 활동을 종료했는지에 대한 기록이 들어 있다고 해."

옆에 있는 테르나가 설명을 덧붙였다.

"간단히 말해서 일기장 같은 거야. 신기하지?"

목소리는 귀여웠으나 반응은 싸늘했다.

"집중해."

프란츠가 이어서 말했다.

"이 코어는 우리들이 느낄 수 없는 마력을 계속 발산하고 있어. 정황을 따져 봤을 때 조만간 이 숲으로 들어올 신성교단은 코어에서 발산되는 마력을 추적하여 회수한 뒤 이 안에 담긴 정보를 해석하려고 할 거야. 듀라한 같은 괴물이 누구에게 당했는지 확실히 알아야 대처를 할 수 있을 테니까."

"예상대로 될까?"

키르히가 물었다.

"녀석들이 정말 조사만 하기 위해서 숲으로 들어온다는 보장이 없잖아? 병력을 전부 투입해서 이 숲 자체를 정리해 버릴 가능성도 있다고."

"그럴 수도 있지."

프란츠가 대답했다.

"하지만 그들에게 있어서 이번 일은 그렇게 단순하진 않을 거야. 녀석들의 목적은 마녀의 살상이 아니라 이 숲 어딘가에 있다는 마녀의 자궁이야. 무차별적인 행동으로 목적을 이룰 수 있었다면 협박을 위한 살상이라는 번거로운 짓은 하지 않았겠지."

그녀는 지도를 꺼내 일행 앞에 펴 보였다. 마녀들과 요정의 협력을 받아 새로 그린 자세한 지도였다.

"마녀들을 상대로 탐문을 한 결과, 신성교단은 이 숲의 북서쪽 방향에서 온 것 같아. 마침 그쪽 방향에 기마병이 통과할 수 있을 만큼 좋은 길이 있다더군. 군대가 주둔할 만한 장소도 그 주변에 있어. 하지만 정말 북서쪽인지는 정확하지 않아. 북쪽이 될 수도 있고 의외로 동쪽이 될 수도 있지. 길을 따라 움직이다 보면 방향은 얼마든지 바뀔 수 있으니까."

지도를 접어 주머니에 넣은 프란츠는 팔짱을 꼈다. 그녀에게 고기를 담은 접시를 건네주려고 했던 알렌은 머쓱한 얼굴로 손을 내렸다.

"숲으로 들어올 수 있는 길은 전부 알아놨어. 우린 입구에 잠복해서 신성교단이 어떤 방향에서 들어오는지 알아내야 해. 이것이 최우선과제야. 여사님께서 숲에 걸린 감지 마법을 정비하시긴 했지만 그랜드 마더가 만든 감지 마법도 무시하고 들어온 놈들이니만큼 마법에 의지할 수는 없겠지."

그러자 알렌이 물었다.

"그럼 대상을 발견했을 시 상호간에 연락은 어떻게 해? 신호탄은 바로 들통이 날 테고, 휘파람을 쓰기도 힘들 거야. 길과 길 사이의 거리가 너무 멀어서 휘파람 소리인지, 정말 새가 우는 소리인지 분간할 수 없을 거라고."

그에 대해 리벨이 답했다.

"잠복조 한 사람당 마녀 한 명씩을 데려가기로 했어."

"마녀들을?"

알렌은 저편에 모여 있는 마녀들을 쭉 훑어봤다.

"전부 애들이잖아? 게다가 잠복 기술 같은 건 전혀 모를 텐데?"

파란 눈의 미청년은 흔들림없이 대답했다.

"분명 위험부담이 크지만 가장 확실한 방법이지. 마녀들은 듀라한을 피해 흩어져 있는 동안 마력을 이용한 대화 기술로 서로의 위치와 생존 여부를 파악해 왔어. 그리고 그 기술은 듀라한들에게도 감지되지 않았지."

"그렇구나."

알렌은 일단 수긍했지만 그래도 불안했는지 연신 고개를 갸웃거렸다.

프란츠가 다시 말했다.

"신성교단의 위치를 파악하는 즉시 소탕작전에 들어갈 거야. 카샤와 니콜라가 그 일을 맡으면 간단하겠지."

카샤가 포크를 쥔 오른손을 번쩍 들었다.

"물론이다!"

"좋아."

프란츠가 회중시계를 꺼냈다.

"식사는 30분 내로 마치도록 해. 식사 종료 후 조를 편성한다. 질문 있는 사람?"

키르히가 손을 들었다.

"데려갈 마녀는 정해진 거야?"

"여사님께서 요정과 함께 뽑기로 했어."

"그럼 조는 어떻게 짤 건데?"

"나중에 맘에 드는 아가씨로 고르도록 해. 네벨도 함께 갈 예정이니 정 불안하면 지금 당장 네벨과 조를 만들어 주지."

그 말을 들은 네벨은 눈을 감고 마음을 정리했다.

'할 수 없지. 내가 중사님을 데려가 주는 수밖에.'

그러나 키르히의 생각은 달랐다.

"내가? 얘랑? 에이, 됐어. 번거로워."

그는 뭔가를 쫓듯 손을 한 번 휘저었다.

키르히가 대충 던진 말에 제대로 맞은 네벨은 울컥했으나 최대한 반응을 자제했다. 괜한 오해를 사긴 싫어서였다.

30분 후, 데보라가 요정 퀴오리펠드와 함께 선출한 마녀들을 데리고 일행 쪽으로 왔다.

준비를 마친 일행 사이엔 히스도 끼어 있었다. 몸 상태가 완전하진 않았지만 특별한 움직임 없이 잠복만 하는 임무인만큼 자신도 할 수 있다고 고집한 것이다. 테르나와 슈이는 다시 생각해 보길 권유했으나 히스는 괜찮다는 짧은 말로 의지를 보였다.

그러거나 말거나 하는 얼굴로 혼자 딴 곳을 보며 앉아

있던 키르히는 프란츠가 정렬 명령을 내리자 코트 주머니에 손을 꽂으며 일어났다.

"이제 고르면 되는 거야?"

키르히가 묻자 프란츠는 마녀들을 잠깐 살펴본 뒤 대답했다.

"선택 권한은 아무래도 아가씨들에게 넘겨야 할 것 같군."

"뭐야, 그게."

빈정거린 키르히는 다시 다른 곳으로 시선을 돌렸다. 프란츠는 그런 키르히를 보기가 거북했는지 그를 가장 먼저 지목했다.

"그럼 북서쪽 길을 맡을 조를 짜도록 하지. 북서쪽은 키르히가 맡도록 해."

신성교단이 북서쪽에서 나타났다는 말을 앞서 들었던 키르히는 아랫입술을 내밀어 소리없이 불평했다.

마녀 쪽은 테르나가 맡았다.

"자아, 키르히 오빠랑 가고 싶은 사람? 손을 번쩍 들어 보세요."

어린 마녀들은 서로 눈치를 봤다. 그들과 한자리에 섞여 있던 네벨은 쉽게 나서는 마녀가 없자 어쩔 수 없다는 얼굴로 오른팔을 움직였다.

"제가 갈게요!"

네벨의 주황색 눈동자가 꿈틀했다. 손을 들고 소리를 낸 마녀는 아침에 일행이 가장 먼저 구했던 노란 털가죽 두건의 마녀, 카르멘이었다.

테르나가 깜짝 놀랐다.

"어머, 괜찮겠니? 키르히 오빠는 성질 더럽고 불친절하고 이기적이기까지 한 사람이란다."

카르멘이 움찔했다.

"정말이요?"

키르히가 인상을 구겼다.

"어이, 그 여자 말 함부로 믿지 마."

당황한 카르멘은 다시 테르나를 봤고, 은발의 여성은 활짝 편 오른손을 좌우로 저었다.

"후후, 장난이었어. 함께 잘 다녀와. 알았지?"

"열심히 할게요."

활짝 웃은 카르멘은 키르히 옆으로 아장아장 걸어갔다.

들려고 했던 팔을 누가 볼까 얼른 내린 네벨은 골이 난 눈으로 카르멘의 뒷모습을 바라봤다.

'어리석잖아, 저 아이! 예레미스 상사님의 말씀은 사실이라고!'

부글거리는 소녀의 속을 더욱 자극하는 광경이 벌어졌다. 키르히의 옆에 선 카르멘이 그에게 손을 내민 것이다.

"손잡고 가도 돼요?"

"나랑?"

"예. 계속 이 숲에서 살아온 탓에 남자 손은 잡아본 일이 없거든요."

키르히는 볼을 긁으며 고민했다.

"뭐, 안 될 건 없겠지."

그는 손을 내렸다. 하지만 키 차이가 워낙 커서 카르멘은 그의 손을 제대로 잡을 수가 없었다.

"아……."

현실을 깨달은 카르멘은 멍한 눈으로 키르히의 손을 바라봤다. 멋쩍은 듯 손을 쥐었다 폈다 한 키르히는 한숨을 쉬었다.

"어쩔 수 없네. 손잡고 가는 건 됐고 기념으로 악수나 하자."

그는 허리를 굽혀 카르멘의 손을 잡아주었다. 네벨은 키르히와 악수를 하며 기뻐하는 카르멘의 모습을 황망한 눈빛으로 지켜봤다.

지도의 북서쪽 길에 키르히와 카르멘의 이름을 적은 프란츠는 다음 차례로 리벨을 불렀다.

"리벨은 북쪽 길을 맡도록 해."

"예, 리더."

리벨이 걸어나오자 테르나가 바삐 마녀들을 불렀다.

"리벨 오빠랑 가고 싶은 사람? 손 들어보세요."

그 말이 떨어지기 무섭게 네벨이 손을 들었다.

"제가 가겠습니다!"

모두는 소녀의 목소리에 섞인 박력에 놀라 어리둥절한 표정을 지었다. 테르나는 훈련소에 갓 입대한 신병처럼 눈을 부릅뜬 그 소녀를 보며 힘없이 웃었다.

"그, 그럴래? 그럼 조심해서 다녀와."

네벨은 모두의 시선을 한 몸에 받으며 리벨의 곁으로 성큼성큼 걸어갔다.

이후 차례차례 조가 만들어졌다. 잠복조에 포함되지 않은 사람은 테르나뿐이었는데, 그녀는 만약의 상황에 대비해 카샤, 니콜라 등과 함께 마녀들의 마을에 남기로 했다.

프란츠는 자신이 갖고 있던 듀라한의 코어를 테르나에게 건네주었다.

"혹시라도 일이 잘못되면 신호탄을 사용하지. 이후엔 네가 지휘하도록 해."

"걱정하지 마. 잘될 거야."

그녀들이 이후의 작전에 대해 다시금 논의하는 한편, 데보라는 네벨을 따로 불러서 주의를 주었다.

"명심하셔야 할 것이 있어요, 아가씨. 이 숲의 동포들이 사용해 온 정신감응 마법은 우리가 지금껏 사용해 온 것과는 다르답니다. 일반적인 정신감응 마법은 아무런 매개체를 거치지 않고 오로지 자신의 마력만을 이용하지만, 이번 경우에는 마력 감지를 피하기 위해 숲의 정기를 매개체로 이용해야 하지요. 혹시라도 일반적인 정신감응 마법을 사용하시게 되면 큰일이 날 수도 있으니 주의하세요."

오후에 숲의 정기를 이용한 정신감응 마법을 배워둔 네벨은 맑은 목소리로 대답했다.

"명심하겠습니다, 스승님."

"그래요. 아, 그리고……."

제자에게 뭔가 물어보려고 했던 데보라는 이내 미소를 흘렸다.

"아니에요. 잘 다녀오세요, 아가씨."

"예, 스승님."

네벨은 리벨과 함께 자신들이 맡은 지역을 향해 이동했다.

데보라가 그녀에게 물으려 했던 것은 아까 조를 짤 때 왜 격한 마음으로 과민반응을 보였는지에 대한 것이었다. 당시 다른 사람들은 기합이 바짝 들어간 네벨의 겉모습만을 봤지만 데보라는 그녀의 마음이 폭풍 아래의 파도처럼 심하게 일렁거리는 것을 느꼈다. 그 일에 대한 질문을 거둔 이유는 네벨이 자신의 질문 때문에 집중을 못하고 흔들릴 것 같아서였다.

고민하는 그녀의 눈에 키르히의 뒷모습을 노려보며 걸어가는 네벨의 모습이 보였다.

'설마, 중사님 때문에?'

지금까지 키르히와 네벨 사이에 있었던 일들을 다시금 생각해 본 데보라는 진지한 얼굴로 팔짱을 꽉 꼈다.

"아가씨께서 어찌 그러실 수가!"

지도를 살피던 테르나가 그녀의 격앙된 목소리를 듣고 깜짝 놀랐다.

"여사님, 무슨 일이신가요?"

"아, 죄송합니다."

예의상 사과를 한 데보라는 이내 테르나를 붙잡고 고민을 털어놨다.

"이해가 안 갑니다, 예레미스 상사님. 네벨 아가씨께서 왜 펙터 중사님의 일에 신경을 쓰시는 거죠?"

테르나는 조숙한 여자아이니까 그렇다고 대답하려 했다. 그러나 데보라의 생각과 테르나의 생각은 그 방향이 완전히 달랐다.

"중사님의 무례는 하루 이틀의 문제가 아니지 않습니까? 왜 매번 집중력을 잃으시는지 이해가 안 되는군요. 수련이 부족하신 탓일까요?"

테르나는 상대가 중요한 한 가지를 인지하지 못하고

있음을 깨달았다.

'무례가 아니라 다른 문제인데……'

그녀는 지금 화를 내는 데보라 자신조차도 그 감정적인 문제에 대해 모르기 때문에 생각의 방향이 왜곡된 게 아닌가 생각했다.

테르나는 나이 비슷한 여성을 타이르듯 조심스럽게 말했다.

"그렇다고 너무 혼내진 마세요. 아직 아이니까요."

"아닙니다. 용납할 수 없습니다! 아무래도 아가씨만을 위한 특별한 훈련을 계획해야 할 것 같군요!"

데보라는 긴 금발을 휘날리며 이곳저곳을 왕복했다. 테르나는 그 모습을 즐거운 눈빛으로 지켜봤다.

'정말 젊어지셨네. 나도 파렌이랑 약혼할 무렵에 저랬을까?'

옛일을 떠올린 테르나는 갑자기 행복한 미소를 지으며 몸부림을 쳤다. 심각한 얼굴로 고심하던 데보라는 테르나의 이상행동에 놀란 나머지 잠시 발걸음을 멈추고 상황을 주시했다.

지정 위치인 북쪽 진입로에 도착한 리벨은 잠복에 알

맞은 장소를 물색했다. 전술적 잠복에 대해 전혀 모르는 네벨은 그냥 수풀 속에 숨어서 그가 부르기를 기다렸다.

적당한 장소를 발견한 리벨은 야전삽으로 땅을 파고 주변에서 구해온 작은 나무와 수풀들을 엮어 위장막을 완성했다. 파렌에게 만점을 받은 일이 있었던 만큼 리벨의 작업 속도는 매우 빨랐고 위장막의 완성도도 높았다.

적들이 지나갈 것으로 예상되는 길에 서서 위장 장소를 살펴본 리벨은 만족한 듯 오른손 엄지의 끝을 턱밑에 댄 채 고개를 끄덕거렸다.

그는 위장막을 들며 네벨을 불렀다.

"여기로 들어와, 네벨."

"예, 상사님."

지팡이를 챙겨 들고 수풀 속에서 일어난 네벨은 리벨의 안내에 따라 위장막 안에 들어가 엎드렸다. 이어서 그 옆자리에 리벨이 자리를 잡았다. 땅을 좀 파고 그 위에 자연물로 만든 위장막을 덮는 것이 잠복의 기초지만 땅의 깊이와 자연물의 완성도를 맞추는 것은 쉬운 일이 아니었다. 둘 중 어느 하나라도 맞지 않으면 눈에 바로 띄기 때문이다.

위장을 마친 둘은 말없이 길을 보며 시간을 보냈다. 그 시간이 30분을 넘어 1시간에 가까워질 무렵, 긴장감 속에 지루함을 느낀 네벨은 옆에 엎드려 있는 리벨에게 눈을 돌렸다.

위장막 밖을 바라보는 리벨의 눈동자는 처음 이 안에 들어올 때와 마찬가지로 깊고 맑았다.

'집중력이 대단하시구나, 상사님은.'

비록 풀 무더기를 뒤집어쓰고 있지만 리벨의 번듯한 외모는 변함이 없었다. 그는 네벨이 지금까지 보아온 남자들 중에서 가장 선명한 선을 가진 남자였다. 파렌의 날카로움이나 키르히의 야성과는 다른, 굳이 비유하자면 테르나의 미모에 가까운 선이었다.

네벨은 그런 그가 왜 키르히에게 나쁜 짓을 하는지 궁금했다.

"클리츠 상사님."

리벨의 파란 눈동자가 어린 마녀 쪽으로 잠깐 움직였다.

"무슨 일이지?"

"음…… 상사님은 펙터 중사님을 정말 싫어하시나요?"

"후후."

왠지 자조하는 듯한 미소가 리벨의 입가에 흘렀다.

"이상한 질문을 하는군."

"아, 죄송합니다."

네벨은 자신이 부끄러워졌다. 다시 생각해 보니 너무 과감한 질문이 아닐 수 없었다.

그런데 리벨의 말이 계속 이어졌다.

"그를 누가 좋아하겠나?"

네벨이 움찔했다.

"예?"

"이기적이고, 난폭하고, 원시적이지. 게다가 다른 이의 마음을 이해하려고 하지도 않아. 남이 호의를 가지고 접근하면 항상 멋지게 걷어차 버리곤 해. 어쩌느냐는 식으로 말이지. 그런 악질적인 인간을 어떻게 좋아할 수가 있지? 배척하는 게 당연하잖아?"

리벨의 선명한 얼굴이 갑자기 흐려졌다.

"그런 녀석의 도움 따위는 받고 싶지 않아. 더 이상은……."

네벨은 이야기가 뭔가 엄청나게 깊은 곳으로 흘러가 버렸다는 느낌에 아무 말도 하지 못했다.

대화에 심취한 탓일까. 네벨과 리벨은 자신들이 있는 방향으로 다가오는 한 무리의 기마대를 전혀 눈치 채지 못했다.

리벨이 손으로 파트너의 입을 다급히 막는 순간, 두꺼운 말발굽이 그들의 잠복 장소 바로 앞에서 멈췄다.

리벨은 눈을 질끈 감고 주의를 게을리 한 자신을 탓했다. 네벨 역시 집중력을 잃고 그들을 감지하지 못했다는 사실에 경악했다. 더불어 둘은 적들이 자신들을 발견하지 못했기를 간절히 빌었다.

멈춘 기병이 세심한 동작으로 주위를 둘러봤다.

"무슨 소리가 난 것 같은데? 혹시 못 들었나?"

뒤따라오던 기병들도 주변을 살폈다.

"특별한 이상은 보이지 않습니다."

선두의 기마병이 물었다.

"자매님은 어떠신가?"

가장 후열에 위치한 기마병이 대답했다.

"마력은 느껴지지 않습니다."

기마대의 구성은 황금색의 갑옷을 입은 신성교단 템플러 여섯에 듀라한 셋, 그리고 황금색 십자가가 수놓아진 흰색 로브로 머리를 덮은 여성 한 명이었다.

네벨이 집중력을 잃은 것은 정말 큰 행운이었다. 만약 그녀가 집중하고 있었다면 그 로브의 여성에게 역추적을 당해 즉시 발각됐을 것이다.

"바람이었나?"

중얼거린 선두의 템플러는 다시금 고개를 돌려 주변을 살폈다. 그의 투구에 달린 독수리머리 모양의 장식이 그의 움직임에 따라 좌우로 흔들렸다.

그는 손을 들어 이동 지시를 내렸다.

"코어가 있는 곳으로 곧장 이동한다. 듀라한을 제거한 녀석들이 적이니만큼 주의해서 이동하라."

"알겠습니다."

그들이 이동을 시작했다. 그들의 기척이 거의 사라지자 리벨은 네벨의 입에서 손을 떼며 조심스럽게 한숨을 쉬었다.

"운이 좋았군."

"맞아요."

기어들어 가는 목소리로 동의한 네벨은 눈을 감고 호흡을 조절했다.

"적들이 이곳에 나타났음을 알리겠습니다. 잠시만 기다려 주세요."

앞서 데보라가 당부한 일도 있는 만큼 그녀는 실수없이 숲의 정기를 매개체로 삼아 정신감응을 시도했다.

'신성교단이 북쪽 진입로에서 나타났습니다. 반복합니다. 신성교단이 북쪽 진입로에서 나타났습니다. 모두 주의해 주십시오.'

그녀의 의식 저편에서 불빛과도 같은 것들이 반짝거렸다. 그것은 함께 숲의 정기를 이용하고 있는 마녀들의 응답이었다.

네벨이 다시 눈을 떴다.

"완료했습니다."

"그럼 합류 지점으로 가자."

리벨이 위장막을 걷고 일어나기 위해 몸을 비틀었다.

그 순간 돌격창의 뾰족한 끝이 그가 엎드려 있던 자리에 박혔다. 네벨은 너무 놀란 나머지 몸이 굳어져 아무 행동도 하지 못했지만, 이런 상황에 익숙한 리벨은 돌격창에 관통당한 위장막을 발로 걷어차며 그대로 몸을 돌려 일어났다.

위장막을 이루던 나뭇가지와 수풀들이 흩어져 돌격창의 주인에게 날아갔다. 리벨은 그 틈에 미리 땅에 눕혀둔 양손대검 형태의 카노네 블라트를 쥐었다.

리벨의 눈에 가장 먼저 들어온 것은 푸른색의 연기였다.

'듀라한!'

밤이라 그런지 듀라한의 갑옷에서 흘러나오는 연기는 마치 불꽃처럼 보였다.

리벨이 걷어찬 방해물에 아무런 영향을 받지 않은 듀라한은 한껏 당긴 돌격창을 상대에게 다시 밀었다. 리벨은 재빨리 돌격창을 피했고 창끝은 아직도 엎드려 있는 네벨의 어깨를 스치며 땅에 깊숙이 박혔다.

리벨은 몸을 옆으로 돌리며 카노네 블라트를 휘둘렀다. 그의 목표는 듀라한의 무기였다. 리제뉴 무기와 충돌한 듀라한의 돌격창은 아주 간단히 두 동강 났다. 잘린 무기의 단면이 지글지글 끓으며 땅 쪽으로 늘어졌다.

무기를 잃은 듀라한은 무릎으로 조이듯이 말의 양 옆

구리를 쳤다. 듀라한의 말이 포효하며 두 다리를 들었다. 말의 앞발로 상대를 찍어 죽일 심산이었다.

말의 두 발이 리벨과 네벨이 있던 자리를 강타했지만 발굽이 파고든 땅 밑엔 아무것도 없었다. 리벨이 다급히 끌어낸 덕분에 목숨을 건진 네벨은 아직도 정신을 차리지 못해 멍한 얼굴이었다.

리벨은 잘린 돌격창을 버리고 장검을 뽑는 듀라한을 살폈다. 적은 일단 듀라한 하나였다.

'어떻게 감지하고 나타난 거지? 아니, 지금은 그 생각을 할 때가 아니다!'

그는 왼손에 잡고 있는 네벨을 놓고 양손으로 검을 들었다. 카노네 블라트의 칼날 뒤로 보이는 그의 눈에 살기가 맺혔다.

리벨은 칼끝이 땅에 닿을 정도로 자세를 낮춘 채 듀라한에게 돌격했다. 듀라한은 그가 도약하여 자신을 공격할 것이라고 판단한 듯 장검을 몸에 바짝 붙였지만 리벨이 노리는 것은 말의 다리였다. 듀라한과 듀라한의 장비들이 리제늄 칼날에 약한 것처럼 말 역시 약할 것이라는 계산이었다.

그의 생각대로 듀라한의 말은 너무 쉽게 앞다리를 잃고 앞으로 고꾸라졌다. 말이 완전히 쓰러지기 직전에 두 발로 땅을 디딘 듀라한은 급히 상대를 쫓았으나 리벨은 재빨리 돌격하여 듀라한의 몸을 반으로 잘랐다. 장검으로 방어한 보람도 없이 베인 듀라한은 괴성을 지르며 쓰러졌다.

적을 물리친 리벨은 땅에 주저앉아 있는 네벨에게 손을 내밀었다.

"일어나, 네벨! 여길 피해야 돼!"

"상사님!"

네벨이 두 손을 앞으로 뻗었다. 마법진이 순식간에 맺히면서 연푸른색의 장막이 만들어졌다. 날아오는 도중 장막에 충돌한 긴 물체가 튕겨 올라 땅에 떨어졌다. 그것은 웨스트리치 서부에서 주로 쓰이는 짧은 투창이었다.

그러나 네벨이 도와준 보람도 없이 템플러와 듀라한들이 몰려와 둘을 순식간에 포위했다. 사실 템플러들은 아까 완전히 떠난 게 아니라 근처에 숨어 대기하던 상태였었다.

투창을 든 템플러가 흰색 로브의 여성과 함께 여유있게 다가왔다. 투구에 독수리머리 장식을 얹은 그 템플러는 면갑을 열고 리벨들을 살펴봤다. 그는 툭 불거져 나온 광대뼈와 옅은 눈썹이 인상적인 젊은이였다.

"듀라한을 물리친 놈들이 누구인지 궁금했는데, 역시 바란투로스의 군인이로군. 리제뉴 무기를 쓰는 것으로 봐서 섀델 크로이츠인가 하는 자들이겠지? 너희들도 인큐베이터가 목적인가?"

템플러의 질문에 리벨은 침묵으로 대답을 거부했다. 템플러는 쓴웃음을 지었다.

"아, 마녀의 자궁이라고 해야 알아듣겠군. 아무튼 너희들의 어리석음에 감사하는 바다. 너희들이 정신감응을 통해 연락을 시도하지 않았다면 잠복 사실을 까맣게 몰랐을 텐데, 정말 다행이야."

그의 말에 네벨은 자신이 정신감응에 실패하여 이런 일이 벌어진 것이라고 생각했다. 그녀를 유심히 보던 독수리장식의 템플러는 입술을 앞으로 내밀듯이 하며 웃었다.

"표정을 보니 숲의 정기를 매개체로 한 정신감응이 실패했다고 생각하나 보군. 아무래도 너희 마녀들은 그 기술이 듀라한의 감지 능력을 피할 수 있었다고 착각한 것 같아. 사실 듀라한들은 여태껏 그 정신감응을 추적하여 마녀들을 붙잡아왔지. 처음엔 이 큰 숲에서 하루에 다섯 명씩을 어떻게 잡을 수 있을까 걱정했지만 큰 도움이 됐어."

"그럴 수가……!"

네벨이 두 주먹을 꽉 쥐었다.

템플러가 그들을 향해 손을 뻗었다.

"저들의 무장을 해제시키고 포박하라. 바란투로스에서

이곳으로 몇 명이나 파견을 보냈는지 들어봐야겠어. 더불어 마녀들과 어떤 관계인지도 말이야."

독수리머리 장식의 템플러와 흰색 로브의 여성을 제외한 템플러들이 말에서 내렸다. 그들이 안장에서 포승줄을 꺼내는 찰나, 네벨이 손바닥을 마주하고 주문을 외웠다. 그녀의 손바닥 사이에 일어난 작은 바람이 주변의 나뭇잎들을 밀어내기 시작했다.

"흥, 쓸데없는 짓을 하는군."

독수리머리의 템플러가 왼손을 들었다. 그의 전신에서 피어오른 희고 밝은 빛이 왼 손바닥 안으로 옮겨가 큰 덩어리로 맺혔다.

그것은 상대에게 충격을 주기 위한 신성력이었다. 그 기술로 수많은 마녀들을 사냥해 왔던 템플러는 아무런 두려움 없이 신성력을 계속 응축시켰다. 그런데 네벨은 그가 예상한 시간보다 훨씬 빨리 마법진을 완성시켰다.

네벨이 손바닥을 떼고 마법진을 개방시키자 짧고 강한 폭풍이 그녀를 중심으로 퍼졌다. 카노네 블라트를 땅에 박고 자세를 낮춘 리벨은 무사했지만 독수리머리 장식의 템플러를 비롯한 모든 템플러는 말에서 떨어지거나 뒤로 나뒹구는 등 큰 피해를 입었다.

그 자리에서 멀쩡한 존재는 듀라한 두 명과 흰색 로브의 여성뿐이었다. 듀라한만이 버틸 것이라고 예상했던 네벨은 황급히 다음 마법을 준비했으나 아까 전부터 주문을 준비하고 있던 흰색 로브의 여성을 이길 수는 없었다.

그 여성의 머리 위로 보라색의 마법진이 떠올랐다. 뒤이어 마법진에서 뻗어 나온 보라색의 기운이 네벨의 목을 강하게 조였다. 주문을 외우던 도중 숨이 막힌 네벨은 자신의 목을 붙잡고 괴로워했다.

"네벨!"

리벨이 다급히 카노네 블라트의 총구를 여성에게 뻗었다. 그런 그의 명치에 템플러가 던진 빛이 충돌했다. 급소를 정확히 강타당한 리벨은 검을 놓치며 뒤로 나가떨어지고 말았다.

빛을 던진 독수리머리 장식의 템플러가 씁쓸한 얼굴로 일어났다.

"일개 꼬마 마녀가 아니었군."

로브의 여성이 사용한 마법으로부터 어떻게든 벗어나기 위해 애쓰던 네벨은 얼마 못 가 무릎을 꿇었다.

'이 마법은…… 우리들의……!'

괴로워하는 네벨의 눈에 포승줄을 들고 다가오는 템플러들의 모습이 들어왔다. 독수리머리 장식의 템플러는 말 위에 가만히 앉아 있는 흰색 로브 여성의 둔부를 두드리며 음산한 미소를 지었다.

"너도 교화가 필요할 것 같구나, 어린 마녀여. 넌 내가 특별히 책임지고 집행해 주지."

네벨의 시야가 점점 흐려졌다. 그녀의 눈이 감기기 직전, 뜨겁고 진한 핏물이 그녀의 얼굴에 튀었다.

투구 위쪽이 으깨진 템플러가 앞으로 서서히 쓰러졌다. 템플러의 머리 위엔 붉은 코트의 누군가가 주머니에 양손을 넣은 채 교묘히 중심을 잡고 서 있었다.

"이 벨이나, 저 벨이나…… 쯧."

그 말을 끝으로 네벨은 의식을 완전히 잃고 말았다.

숲 속에서, 아니, 나무 위에서 갑자기 떨어진 그 갈색 머리 불청객의 모습에 템플러들은 포승줄을 놓고 각자의 무기를 빼 들었다.

"웬 놈이냐!"

장검을 뽑아 든 템플러가 그에게 달려들었다.

"글쎄?"

불청객, 키르히의 왼손이 휘릭 움직였다. 정수리부터 위턱까지 도펠 슈트룸의 칼날에 잠식당한 템플러는 검을 허공에 한 번 휘두른 뒤 두 팔을 축 늘어뜨렸다. 왼발로 죽은 템플러의 가슴을 밀어 칼을 뽑은 키르히는 가슴 아래쪽을 붙잡은 채 기침하는 리벨을 흘끔 봤다.

"이럴 때는 고맙습니다, 하고 인사하는 거야."

"키르히…… 펙터!"

리벨은 치욕스러움을 견디지 못하고 눈을 꽉 감았다.

"시작해 볼까?"

눈을 부릅뜨고 웃는 키르히에게 돌격창을 든 듀라한들이 말을 몰았다. 노스페라투의 힘을 이용해 높이 도약한 키르히는 도펠 슈트롬의 총구를 듀라한들에게 맞췄다.

도펠 슈트롬의 총구에서 은색의 커다란 탄환이 튀어나갔다. 그가 미리 장전해 둔 리제뉴 철갑탄은 듀라한들에게 각각 꽂혔는데, 하나는 머리에 제대로 맞아 곧바로 제거됐지만 다른 하나는 오른쪽 어깨에 맞아 즉사만은 면했다.

"제길!"

착지한 키르히에게 근처에 있던 템플러 넷이 일제히 달려들었다. 왼손에 든 도펠 슈트롬을 던져 한 명의 가슴을 꿰뚫은 키르히는 몸을 돌려 다른 두 명의 머리와 목을 각각 베었다.

"이야아!"

마지막 한 명이 공포에 질린 나머지 미친 듯이 고함을 지르며 달려들었다. 키르히는 몸을 젖혀 그의 어설픈 공격을 피한 뒤 발목을 걸어차 넘어뜨렸다.

"빌려도 되지?"

그는 옆에 떨어져 있는 리벨의 양손대검을 발로 차 공중에 띄웠다. 자신의 검이 키르히의 왼손에 잡히는 것을 본 리벨은 고함을 지르려 했지만 복부의 통증 때문에 기침만을 연발했다.

"너무 그러지 마. 서로에게 좋은 일이라고."

타이르듯 중얼거린 키르히는 왼손에 잡은 대검으로 땅에서 허우적거리는 템플러의 가슴을 찍은 뒤 자루를 비틀었다. 갑옷과 뼈가 뒤틀리면서 터진 불협화음에 키르히는 얼굴 왼쪽을 찡그렸고, 템플러는 형용할 수 없는 감각이 몰고 온 쇼크에 몸을 들썩거리더니 이내 잠잠해졌다.

그사이 오른팔을 잃은 듀라한이 말의 방향을 돌려 키르히에게 돌진했다. 시체에서 대검을 뽑은 키르히는 카노네 블라트의 총구를 들었다. 리벨이 만약의 경우에 대비해 장전해 둔 리제늄 철갑탄이 폭음을 내며 튀어나갔다. 그가 손에 익지 않은 양손대검을 든 이유는 바로 그것이었다.

탄환은 이번에도 제대로 맞지 않고 투구의 옆을 스쳤지만 도펠 슈트롬에 장전된 것보다 훨씬 강한 탄두의 위력은 말의 머리와 듀라한의 몸체를 간단히 꿰뚫었다.

키르히는 바닥에 굴러 떨어진 듀라한의 머리를 대검으로 걷어내듯 자른 뒤 동작을 그대로 이어 어깨에 걸쳤다. 파렌의 슈트롬 팔켄과 달리 날이 한쪽밖에 서지 않은 검이었기에 어깨에 대는 데에는 문제가 없었다.

그러나 그렇게 여유를 부릴 때가 아니었다. 로브의 여성이 마법으로 만들어낸 얼음덩어리들이 그를 향해 무서운 기세로 날아왔다. 얼음덩어리들은 하나같이 날을 세운 철퇴처럼 끝이 뾰족하고 모서리가 날카로웠다.

리벨의 카노네 블라트와 도펠 슈트롬을 함께 휘둘러 얼음덩어리들을 모두 격파한 키르히는 다시 마법진을 짜는 로브의 여성을 향해 달려갔다. 그런 그의 앞길을 독수리머리 장식의 템플러가 막아섰다.

"함부로 날뛰는구나, 바란투로스의 졸개여!"

"비켜!"

도약한 키르히는 템플러를 걷어차려고 했다. 그런데 템플러는 그의 공격을 막기는커녕 양팔을 당당히 벌렸다. 키르히는 패념치 않고 그의 가슴팍을 밀어 찼으나 황색의 빛이 장벽처럼 그의 군화를 단단히 막아냈다.

장벽의 반동에 뒤로 밀려난 키르히에게 얼음덩어리들이 다시 닥쳐왔다. 방금 전과 똑같이 얼음덩어리들을 격파한 키르히는 이번엔 검으로 템플러를 후려쳤지만 이번에도 빛의 장벽이 그의 공격을 튕겨냈다.

이번엔 템플러가 오른손에 든 투창을 던졌다. 오른손의 도펠 슈트롬으로 그것을 간단히 쳐낸 키르히는 짜증이 났는지 오른쪽 눈썹을 치켜떴다.

"그건 또 무슨 재주야?"

템플러가 우렁차게 소리쳤다.

"이것이 절대자께서 깨우쳐 주신 신성한 힘이다! 그 어떤 부정한 힘도 진심 어린 기도에서 비롯된 나의 힘을 해할 수 없으리니!"

"잘나셨네."

키르히는 옷의 소매를 잠시 살폈다.

'또 혼나게 생겼군.'

쓴웃음을 지은 그는 자세를 잡고 정신을 집중했다.

"그런데 말이야, 기도하는 자세라는 게 원래 그런가?"

키르히의 옷에서 붉은 아지랑이가 피어올랐다. 그 선명한 적색에서 불길함을 느낀 템플러는 몸에서 흘러나오는 신성력의 농도를 더욱 높였다.

템플러의 오른쪽 다리가 꿈틀했다. 과도한 신성력의 발휘로 몸에 이상이 생긴 것은 아니었다. 상대가 갑자기 시야에서 사라진 탓에 온 본능적인 행동이었다.

곧이어 엄청난 충격이 그의 머리 위쪽에 떨어졌다. 빛의 장벽 덕분에 아무런 부상도 입지 않았지만 장벽은 황색에서 주황색으로 순식간에 달아올랐다.

"아니?"

지금껏 경험해 보지 못한 자릿수의 물리력에 놀란 템플러는 당황했으나 그의 적은 이번에도 붉은 잔광만을 남기며 어디론가 사라졌다.

템플러는 황급히 흰색 로브의 여성에게 소리쳤다.

"뭐 하는 건가, 자매여! 어서 그 불손한 자를 찾아 공격하시게!"

그러나 로브의 여성은 마법진의 구축조차 잊고 입을 반쯤 벌린 채 가만히 있었다. 주변만 돌아보는 템플러와 달리 그녀는 위쪽을 바라보고 있었는데, 붉은 코트의 남자가 나무와 나무 사이를 눈으로 인지하기 힘들 정도의 속도로 왕복하고 있었다. 나무 사이의 땅을 밟으며 달리는 것이 아니라 나무를 박차며 날고 있는 상황이었다.

또 한 번의 충격이 템플러를 강타했다. 빛의 장벽은 주황색에서 붉은색으로 변했고 템플러는 신성력의 과도한 사용으로 인해 터질 듯이 뛰는 심장을 부여잡으며 무릎을 꿇었다.

땅을 밟은 키르히로부터 아지랑이가 다시 퍼졌다.

"그래, 그렇게! 무릎 꿇고 빌란 말이다!"

돌격한 그는 카노네 블라트의 칼날로 빛의 장벽을 후려쳤다. 템플러는 장벽을 밀고 들어오는 커다란 칼날을 창백한 얼굴로 지켜봤다.

강렬한 파열음이 숲의 북쪽을 흔들었다. 유리창처럼 조각난 빛의 장벽이 공기 중에 흐트러졌다. 투석기가 날린 돌에 맞은 것처럼 뭉개진 템플러의 시체는 로브의 여성을 넘어 수풀 속으로 떨어졌다.

"귀찮게 하긴."

꿍얼댄 키르히는 심호흡을 길게 했다. 그러자 노스페라투에서 흘러나오던 아지랑이가 점차 진정되었다.

그에게 커다란 얼음덩어리 하나가 날아왔다. 쳐서 부수기엔 너무 크고 속도도 빨랐기에 키르히는 몸을 낮춰 그것을 피했다. 거목을 부수며 숲 밖으로 튀어나간 얼음덩어리는 지면에 비스듬히 박혔다. 얼음덩어리가 박히는 순간 충돌 지점으로부터 흙먼지가 대단한 높이로 솟아올랐다.

그 흙의 분수를 배경으로 한 키르히는 화가 난 눈으로 로브의 여성을 노려봤다.

"죽고 싶다, 이거지?"

그가 뛰쳐나가려는 찰나, 숲 속에서 노란 두건을 쓴 소녀가 바삐 달려나왔다.

"안 돼요, 중사님! 저분도 마녀랍니다!"

키르히의 파트너인 카르멘이었다. 소녀가 멈추지 않고 자신에게 계속 달려오자 키르히가 버럭 소리쳤다.

"이런, 미친! 당장 멈춰, 꼬마!"

그가 발산하는 살기에 놀란 카르멘은 다리가 풀려 미끄러지듯 엉덩방아를 찧었다.

'아차!'

지금쯤 마법이 완성되었을 것이라는 생각에 키르히의

모든 감각이 민감해졌다. 그러나 그 이상의 일은 벌어지지 않았다. 반대편 숲에서 뛰어나온 검은 그림자가 로브의 여성을 공격한 덕분이었다.

손날에 뒷목을 맞은 로브의 여성은 마법을 마무리 짓지 못하고 잠들 듯 기절했다. 말에서 떨어지는 그녀를 두 팔로 받아낸 그림자, 프란츠는 한숨을 쉬었다.

"안 죽이는 것도 힘들군."

"쳇."

투덜거린 키르히는 카르멘에게 다가갔다. 그 작은 소녀는 방금 태어난 병아리처럼 바들바들 떨고 있었다.

"따라오지 말라고 했는데 왜 말을 안 들어? 큰일 날 뻔했잖아?"

"그러려고 했는데, 갑자기 강력한 마력이 느껴져서…… 그래서……."

소녀는 말도 맺지 못하고 눈물을 펑펑 흘렸다. 키르히는 난감함이 드러난 얼굴을 다른 곳으로 돌렸다.

"뭐, 됐어. 아니, 잘했어. 네 덕분에 저 공주들을 구할 수 있었으니까."

키르히가 때맞춰 이곳에 올 수 있었던 것은 모두 카르멘이 위험을 감지한 덕분이었다. 처음에 키르히는 데보라와 요정이 왜 이 꼬마를 뽑았는지 의아해했지만, 그녀의 마법 감지 능력은 현재 이 숲에 있는 마녀들 중 데보라를 제외하고 가장 강력한 수준이었다.

카르멘이 소매로 얼굴을 훔치며 물었다.

"두 분 모두 무사하신가요?"

"한 명은 기절했고 다른 하나는 날 죽일 듯이 째려보네."

리벨을 보고 피식 웃은 키르히는 방향을 돌렸다.

"일어날 수 있지? 그럼 저 무서운 언니한테 가. 난 정리할 게 남았으니까."

"예."

프란츠 쪽을 본 카르멘은 어렵게 일어나 손에 묻은 흙을 털었다.

"아, 맞다."

키르히가 걸음을 멈췄다.

"아까 말 좀 심하게 했는데, 너무 신경 쓰지 마. 내 말투가 원래 이렇거든."

"헤헤."

카르멘은 멋쩍게 웃는 것으로 대답을 대신했다.

키르히는 네벨을 살피느라 바쁜 리벨에게 다가가 그의 검을 땅에 꽂아주었다.

"소독해서 돌려줄 필요는 없겠지?"

리벨은 그 말에 자극을 받아 벌떡 일어났다. 그는 자신보다 머리 하나 이상은 더 큰 키르히를 올려다보며 시원스레 소리쳤다.

"네놈의 도움 따위는 필요없었단 말이다!"

"그러시겠지."

시선을 옆으로 돌린 채 비아냥거린 키르히는 네벨 옆에 천천히 쭈그려 앉았다.

"꼬마는 어때? 괜찮은 거야?"

그의 질문에 리벨이 가라앉은 목소리로 대답했다.

"질식해서 의식을 잃었지만 생명엔 지장이 없을 거다."

"번거롭네."

때마침 네벨이 기침을 연거푸 하며 얼굴을 찡그렸다.

"오, 깨어났네."

숨을 몰아쉬며 윗몸을 일으킨 네벨은 발갛게 눈물이 고인 눈으로 주위를 둘러봤다. 그 바람에 머리에 걸쳐져 있다시피 한 모자가 땅에 떨어졌다.

"어이, 꼬마. 괜찮아? 내가 누군지 알아보겠어?"

"중사님……."

키르히의 얼굴을 본 네벨은 이내 눈을 꽉 감고 울었다. 키르히는 놀리듯 킥킥거렸다.

"이번엔 정말 무서웠나 보네? 질식했다며? 하긴, 나도 독소대응 훈련을 처음 받을 때 좀 무서웠지."

"너무하세요."

"내가 뭐?"

꿍얼댄 키르히는 꼬마의 어깨를 연거푸 두드려 주었다.

반 시간 뒤, 각 길에 배치되어 있던 일행과 마녀들의 마을에 있던 테르나 등이 현장으로 달려왔다. 현장 옆엔 작은 천막이 세워졌는데, 이유는 신성교단과 함께 있던 마녀를 살피기 위해서였다.

흰 장갑을 낀 채 천막에서 나온 테르나는 무거운 한숨을 쉬었다. 일행과 함께 밖에서 기다리던 프란츠가 그녀에게 물었다.

"상태는?"

"끔찍하지."

테르나는 천막 안에서 멍한 눈으로 마녀를 지켜보고 있는 데보라를 잠깐 봤다. 현재 데보라는 조용히 분노를 억누르고 있었다. 테르나와 함께 마녀의 상태를 살핀 직후부터 지금까지 쭉 그런 분위기였다.

사로잡힌 마녀는 꼼짝도 하지 않았다. 처음에 의식을 회복했을 때는 신성교단의 기도문을 읊으며 맹렬히 저항했으나 데보라의 강력한 마법에 제압된 후 지금은 그냥 곱게 잠들어 있었다.

테르나가 작은 목소리로 말을 이어서했다.

"약물의 사용 여부는 여기서 판단하기 힘든데…… 아

무튼 여자가 당할 수 있는 물리적인 고문이란 고문은 전부 당한 상태야. 육체는 물론이고 정신도 쉽게 회복할 수 없을 거야."

"그것이 교화의 실체로군."

프란츠가 속삭이듯 모두에게 말했다.

"교화된 마녀는 이제 적으로 분류한다. 구출할 여력이 있으면 모르겠지만, 그렇지 않다면 우선적으로 제거하도록 해. 마법은 치명적이니까."

모두는 고개를 끄덕였다.

슈이는 주변을 살폈다. 혹시라도 어린 마녀들이 이 이야기를 듣지 않았을까 해서였다. 다행히도 네벨과 카르멘을 비롯한 어린 마녀들은 테르나와 함께 온 카샤가 시끄럽게 잘 돌보고 있었다.

"어쩌지?"

테르나가 지도를 펼치고 말했다.

"북쪽에서 온 것이 분명한 이상 아마 신성교단은 이 부근에 진을 치고 있을 거야. 언덕과 언덕 사이에 위치한 덕분에 수고하지 않고 바람을 막을 수 있는 지형이라 틀림없어. 하지만 오늘 파견된 부대의 규모를 따졌을 때 그 수가 만만치는 않을 것 같아. 교화된 마녀들도 분명 있을 테니 힘든 싸움이 될 거야."

"기습을 해야 하나?"

고심 어린 목소리로 중얼거린 프란츠는 잠시 생각한 후 무겁게 입을 열었다.

"그랜드 마더만 안전하게 확보할 수 있다면 카샤와 니콜라로 어떻게든 될 것 같은데……."

"적진에 잠입할 방법은 생각해 놨어."

테르나가 말하자 땅만 바라보던 모두가 고개를 들었다.

프란츠가 대표로 물었다.

"어떤 방법이지?"

"저길 봐."

모두는 테르나가 미리 확보해 둔 템플러의 갑옷을 봤다.

"키르히가 저지른 것치고는 갑옷의 손상이 적어서 한두 벌 정도는 제대로 꾸밀 수 있었어. 우리들 중 누군가가 저 갑옷을 입고 적진으로 들어가서 그랜드 마더를 확보하는 거야. 될 수 있는 한 빨리 말이야."

그러자 키르히가 어깨를 으쓱했다.

"갑옷만 입는다고 해결될 문제가 아니잖아? 선물이라도 들고 가야 통과가 되지 않겠어?"

"선물이라고 하긴 좀 그렇지만, 그 부분도 생각해 놨어."

테르나가 이상한 눈빛으로 리벨을 바라봤다. 흠칫 놀란 리벨은 쉽사리 해석하기 힘든 그녀의 눈빛에 큰 부담을 느꼈다.

"예레미스 상사님?"

"후후, 누나랑 저기 가서 얘기 좀 할래?"

"며, 명령이시라면……."

리벨은 테르나에게 손을 붙들린 채 숲 안쪽으로 끌려 들어갔다. 고개를 갸웃한 프란츠는 일단 자신이 할 수 있는 일을 하기로 했다.

"저 갑옷을 입을 사람을 뽑아야 할 텐데, 누구로 하지?"

히스가 손을 들었다.

"제가 가겠습니다, 리더."

"웃기시네."

키르히가 코웃음을 쳤다.

"내가 죽인 놈들 가운데 짝눈인 템플러는 없었어. 들어가기도 전에 걸려서 얻어터질걸?"

짝눈이라는 말에 발끈한 히스가 주먹을 쥐자 프란츠가 손으로 그의 가슴을 밀었다.

"됐어, 히스. 일리있는 말이다."

히스는 침울한 얼굴로 고개를 숙였다.

"그럼 키르히가 저 갑옷을 입고 잠입하도록 하지."

프란츠의 말에 키르히의 얼굴이 하얗게 떴다.

"내가?"

"그럼 누가 하지? 히스 말고 여유가 되는 남자는 너 하나야. 리벨은……."

그때였다.

"못합니다!'

비명에 가까운 리벨의 고함이 숲 속에서 터졌다. 그렇
지 않아도 기분이 상한 키르히가 미간을 찌푸렸다.

"저건 또 왜 저래?'

"글쎄?'

옆에 있던 알렌이 뒤꿈치를 들고 숲 속을 살폈다. 리벨
이 두 팔을 마구 움직이며 테르나에게 항의하는 모습이
그녀의 눈에 얼핏 보였다.

"뭔지 몰라도 난리가 났는데? 리벨이 저러는 거, 나 처
음 봐."

"쳇, 쓸모없는 놈이 쓸모없는 짓을 하는군."

중얼거린 키르히는 팔짱을 단단히 꼈다.

테르나의 작전은 동이 틀 무렵 개시되었다.

갑옷을 차려입고 투구까지 제대로 쓴 키르히는 신성교
단의 주둔지가 있을 것으로 예상되는 지점을 향해 말을
몰았다.

그의 노스페라투와 도펠 슈트롬은 안장 뒤편에 마련된

짐 속에 단단히 숨겨져 있었다. 프란츠와 테르나는 주둔지에서 그랜드 마더를 확보한 이후 알아서 갈아입으라고 했지만 키르히에겐 멀고 먼 이야기였다.

"있을 수 없어. 있을 수 없는 일이다, 이건……!"

그것은 키르히의 목소리가 아니었다. 그의 앞에 마녀 복장을 입고 앉아 있는 누군가가 실성한 듯이 내뱉는 소리였다.

템플러의 포승줄로 상반신을 단단히 묶인 그는 붉게 상기된 얼굴로 고개를 가로저었다. 생강색의 긴 금발이 키르히의 가슴팍 앞에서 마구 흔들렸다.

"이건 클리츠 가문의 수치다!"

그 꼴을 보다 못한 키르히가 결국 입을 열었다.

"그만 못해? 너만 기분 더러운 줄 알아?"

"시끄럽다!"

"때리기 전에 입 닥쳐. 내 평생 남자를 내 다리 사이에 앉힐 줄은 꿈에도 생각 못했으니까."

"시끄럽다고 하지 않았나!"

"알았으니 좀 움직이지 마! 네 엉덩이가 나한테 닿잖아! 짐짝 위에 확 얹어서 가는 수가 있어!"

키르히는 말의 고삐를 거칠게 잡아당겼다. 마녀 변장, 정확히 여장을 한 리벨은 참담해진 얼굴을 들지 못했다.

그로부터 10여분 뒤, 키르히가 문득 말을 던졌다.

"뭐 하나 물어도 돼?"

키르히의 질문에 리벨은 아무 대답도 하지 않았다. 키르히는 그러거나 말거나 하고픈 질문을 늘어놨다.

"마법으로 머리카락을 길게 한 건 알겠는데, 혹시 속옷까지 마녀들 것을 입진 않았겠지?"

리벨의 얼굴이 귀까지 빨개졌다.

"날 얼마나 욕되게 할 생각인가!"

"어? 진짜였어?"

잠시 침묵이 흘렀다.

일단 헛기침을 한 번 지른 키르히는 조심스럽게 말했다.

"뭐, 그래. 알았어. 비밀로 할게. 음음."

리벨에겐 그 이해한다는 투의 말이 더 자극적이었다.

"뭘 비밀로 한단 말인가! 그럴 리가 없지 않나!"

"알았어, 알았다고."

"어서 말을 멈추고 이 줄을 풀어라! 너와 이 장소에서 결판을 짓겠다, 키르히 펙터!"

"아, 조용히 하라니까?"

키르히가 주먹 밑으로 리벨의 머리를 쿡 눌렀다.

"저기 앞에 보이지? 여기서 냅다 소리 질렀다가는 정말 큰일 나니까 조심해."

키르히가 가리킨 지점엔 신성교단의 주둔지가 있었다. 주둔지는 통나무를 세워 만든 울타리로 단단히 둘러져 있었지만 현재 키르히들이 있는 들판보다 낮은 곳에 위치한 관계로 내부의 상황은 훤히 보였다.

심호흡으로 마음을 진정시킨 리벨은 주둔지를 자세히 살폈다.

"큰 막사가 세 채에 작은 막사가 여덟 채……. 적은 70명 내외의 규모 같군."

리벨의 분석에 키르히는 암묵적으로 동의했다.

"뭐, 들어가 보면 알겠지."

키르히는 말을 재촉했다.

이윽고, 진입로에 도달한 키르히들을 향해 창을 든 템플러 두 명이 다가왔다. 면갑을 걷고 키르히를 자세히 살핀 템플러는 의심스러운 눈으로 물었다.

"피노체 형제의 부대인가?"

"그렇소. 형제들은 모두 당하고 나 혼자 살아남았소."

키르히답지 않게 묵직한 목소리였다.

"듀라한과 자매님까지 데리고 갔을 텐데?"

"그 듀라한 셋과 자매님 한 분 모두 죽었단 말이오. 피노체 형제께서 한 명은 살아서 소식을 전해야 한다며 희생하신 덕분에 난 살 수 있었소."

템플러들은 키르히의 갑옷에서 풍겨오는 진한 피 냄새에 한숨을 쉬었다.

"안타까운 일이군. 그들이 부디 좋은 곳으로 가길."

"많이 지쳐서 그러니 이 마녀를 좀 부탁하오. 어서 보고를 올리고 쉬고 싶소."

키르히가 재촉하듯 말하자 템플러 중 한 명이 리벨에게 가까이 다가왔다. 그의 맑고 파란 눈동자와 가녀린 얼굴을 본 템플러는 욕망이 섞인 숨을 내쉬었다.

"상당한 미모로군. 자네가 잡아온 건가?"

"우린 이 마녀를 옮기던 중에 습격을 당했소. 꼴도 보기 싫으니 어서 옮겨주시오."

"알았네."

템플러가 자신의 창을 동료에게 넘긴 뒤 리벨을 껴안듯 하여 말에서 내려주었다. 리벨은 자신의 몸 곳곳을 더듬는 템플러의 손길에 치욕을 느꼈지만 넋이 나간 듯한 표정을 애써 유지했다.

리벨을 어깨에 얹은 템플러는 꽤 무거운 마녀라고 속으로 중얼거리며 동료에게 물었다.

"사제께 먼저 보여 드려야 하나?"

"알렉산드로 사제께선 지금 아침기도를 드리고 계시니 일단 교화소로 옮기게."

"그러지."

리벨은 옮겨가던 중 고개를 들어 키르히를 봤다. 뭔가 지시를 내리기 위해서였는데, 투구의 창을 통해 리벨을 지켜보던 키르히는 윙크를 찡긋 하더니 막사 쪽으로 곧장 말을 몰았다.

'저놈이……!'

입에서 나오는 욕을 겨우 참은 리벨은 진정하고 주둔지 내부를 살폈다. 말의 숫자와 보급품들의 규모, 식사를 준비하는 템플러들의 숫자 등을 파악한 그는 부대의 규모가 자신의 예상에서 크게 벗어나지 않음을 확신했다.

그의 눈에 이상한 것들이 들어왔다. 주둔지 한쪽에 잔뜩 쌓인 그것은 뭔가 둥근 물체가 가득 들어 있는 것으로 보이는 헝겊 부대였는데, 자루들은 하나같이 검붉은 액체로 진하게 물들어 있었다.

리벨의 시선이 그쪽에 쏠려 있는 것을 본 템플러는 얄궂은 미소를 지었다.

"순순히 교화를 받아들이는 게 몸에 좋을 거야. 안 그러면 네 동포들처럼 저렇게 머리만 뒹굴게 될 테니까."

"……."

리벨은 눈을 감았다. 템플러는 그를 커다란 막사 중 한 곳으로 데리고 들어갔다.

막사 안쪽은 칸막이를 이용해 두 곳으로 분할되어 있었는데, 리벨이 들어간 곳은 그중에 왼쪽 칸이었다.

중앙에 놓인 의자에 앉혀진 리벨은 눈을 부릅떴다. 그의 앞에 놓인 큰 탁자 위엔 사용 방법과 사용처를 상상조차 하기 싫은 형태의 '도구'들이 잔뜩 놓여 있었다. 집게와 말뚝은 그중에서 가장 온전한 분위기의 도구였다.

뱃속에서 뭔가가 올라올 뻔한 것을 가까스로 견딘 리벨은 막사의 주변을 둘러봤다.

'이곳은……?'

그는 자신의 눈을 믿을 수가 없었다.

막사 전체가 마치 고문기구의 전시관 같았다. 실을 뽑는 기계처럼 생긴 물건부터 가운데에 삼각뿔 같은 것이 놓인 의자, 구속도구가 장치된 수레바퀴, 관처럼 생긴 강철 상자, 도저히 앉을 수 없는 구조의 철창 등등.

리벨이 군용서적과 역사서를 통해 접했던 고문기구의 대부분이 그곳에 있었다.

현재 기계를 이용한 고문은 웨스트리치 연합에서 금지하고 있다. 고문금지조약이 체결된 날짜까지 기억하고 있는 리벨은 생각을 바꿨다. 법이라는 개념을 떠나 도덕적으로, 그리고 인간적으로 저 도구를 지성이 있는 존재에게 사용하는 일은 명백한 죄요, 악(惡)이라고 그는 마음으로 외쳤다.

'마녀사냥은 100년 전의 일이 아니었던가! 그런데도 저 도구들을 유지하고 사용해 왔단 말인가?'

그는 요리 재료를 준비하듯 콧노래를 흥얼거리며 손수건 위에 약병을 기울이고 있는 템플러를 노려봤다.

'저들의 시간은 멈춰 있어!'

템플러가 리벨 쪽으로 돌아섰다.

"기계들 구경은 잘했지? 오랜 시간 동안 너와 함께 지내게 될 친구들이니 눈으로나마 익숙해지는 게 좋아."

그는 자신의 입과 코를 한 손으로 가린 뒤 들고 있던 손수건을 리벨에게 휘둘렀다. 손수건 위에 놓여 있던 고운 가루가 리벨의 얼굴 위로 뿌려졌다.

"큭!"

리벨이 심한 기침을 하는 사이 템플러는 멀찌감치 물러났다.

"약이긴 한데, 몸에 해로운 건 아니야. 단지 네가 마법을 쓰지 못하게 할 뿐이지."

리벨의 기침 소리가 잦아들었다. 그의 얼굴 표정이 서서히 풀리고 눈이 반쯤 감겼다. 리벨은 정신을 잃지 않기 위해 고개를 세차게 흔들었지만 그의 의지와 달리 머리는 아주 천천히 움직였다.

'무슨 약이지? 오피엄(Opium) 성분의 마약인가? 아니야, 냄새와 맛이 달라. 그렇다면 내가 모르는 화학적 물질이……'

벌어진 그의 입에서 맑은 액체가 흘러내렸다. 자신이 침을 흘리고 있음을 똑똑히 느낀 리벨은 육체와 정신 사이에 강력한 차단막이 생겼음을 느꼈다.

"아침기도가 끝나려면 아직 시간이 남아 있으니 얘기

라도 나누고 있어봐. 할 수 있으면 말이지."

그는 칸막이 중간에 걸쳐져 있는 헝겊을 걷었다. 헝겊에 가려져 있던 것은 정사각형 모양으로 뚫린 창이었는데, 그 창 너머로 보이는 것은 몸집이 작고 얼굴에 주름이 잔뜩 낀 노파였다.

노파는 힘없이 고개를 들어 리벨을 봤다. 흐트러진 백발 사이로 먹구름이 낀 하늘처럼 흐릿했던 노파의 눈빛이 맑아졌다. 하지만 그것은 아주 잠깐이었다.

템플러는 그 노파를 보고 고개를 흔들며 한탄했다.

"꿈쩍도 않네? 정말 마녀답게 냉정한 할멈이로군. 하긴, 자식 같은 마녀들의 목을 매일같이 봤으면서도 입 한 번 뻥긋 하지 않았으니까. 교화 작업을 직접 보면 좀 달라지려나?"

템플러가 나간 뒤, 리벨을 말없이 지켜보던 노파가 마르고 갈라진 입술을 열었다.

"자넨 누군가? 우리 동포는 아닌 것 같은데…… 어디서 온 아가씨지?"

리벨은 풀린 눈을 가까스로 들어 노파를 응시했다.

"혹시…… 그랜드…… 마더?"

"음? 목소리를 들어보니 아가씨는 아니로군. 얼굴을 보고 깜박 속았네."

노파는 웃었다. 리벨은 몰랐지만 그것이 템플러들에게

붙잡힌 이후 노파가 처음으로 만든 미소였다.

"내가 은색 무지개의 마을을 주관하는 그랜드 마더, '올리비아'라네. 자네는 아무래도 날 구하러 온 사람인 것 같군."

"……"

"무리해서 말할 필요는 없네. 그 약은 마녀와 인간을 가리지 않고 혼미하게 만들거든. 아무튼 놀랐네. 오늘도 어김없이 어린아이들의 목이 내 앞에 놓일 줄 알았는데 마녀 옷을 입은 청년이 나타날 줄은 꿈에도 몰랐어."

리벨은 이어지는 그랜드 마더의 이야기를 말없이 들었다.

"내가 아는 아이의 옷을 입고 있군. 그 아이의 목을 며칠 전에 봐서 그런지 기분이 묘해. 어쨌거나 그 옷을 보니 숲에 있는 우리 아이들과 만난 것 같군. 하지만 혼자 오다니, 무모했어."

리벨은 혼자 오지 않았다는 말을 하고 싶었으나 입과 혀가 움직이지 않았다.

그랜드 마더, 올리비아가 걱정스레 말했다.

"약에 대해서도 몰랐던 것 같군. 사제는 들어오자마자 자네 옷부터 벗길 거고, 그렇게 되면 자네의 정체가 탄로나겠지. 그 사제 녀석이 남자에게 흥미가 있을지는 모르겠지만…… 단념하고 마음을 비우게. 자네가 원한다면 내 손수 자네의 목숨을 끊어주지. 방법에 대해서는 걱정하지 말게. 난 그 약에 적응이 돼서 마법을 쓰는 데에는 아무런 문제가 없으니까. 앞으로 벌어질 일을 생각하면 죽는 것이 훨씬 나을 거야. 어서 결정하게."

리벨은 역시나 대답하지 않았다. 올리비아는 근심 어린 한숨을 쉬었다.

이윽고, 황색의 법복을 입은 남자가 두 명의 템플러와 함께 막사 안으로 들어왔다. M자 형태로 머리가 벗겨진 그 남자는 진한 흑색의 수염을 풍부하게 기른 세련된 중년이었다. 깊은 눈빛은 엄중하고 진지했으며 표정도 근엄했다.

남자가 템플러들에게 물었다.

"그 생존자가 데려온 마녀라고 했나?"

"그렇습니다, 사제님."

남자는 신중한 눈으로 자신의 턱을 만졌다.

"마녀라…… 오랫동안 마녀재판과 교화를 담당해 왔지만 오늘 같은 분위기의 마녀는 처음이군."

리벨에게 가까이 다가온 남자는 손에 끼고 있는 흰색의 장갑을 벗은 뒤 손으로 리벨의 얼굴을 들었다. 리벨은 상당히 부드러우면서도 자신의 피부 속까지 읽어내려는 듯한 그 손의 느낌에 전신이 오싹했다.

남자가 엄지로 리벨의 눈가를 살폈다.

"사파이어 색의 푸른 눈…… 이렇게 맑고 선명한 눈은 본 적이 없어. 모양이 아주 좋아. 학교만 대충 졸업한 아마추어 그림쟁이들은 베끼지도 못할 거야."

그의 손이 리벨의 눈 밑에서 볼로 이동했다.

"솜털이 살아 있는 피부로군. 땀샘의 모양도, 근육의 방향도, 이 밑을 흐르는 혈관 하나하나까지도 훌륭해. 흉터 하나 없어. 광대뼈의 굴곡도 좋아."

남자는 손등으로 리벨의 턱을 천천히 훑었다.

"곡선이 제대로 되어 있군. 아시엔의 황인종들이 만드는 도자기조차도 이런 곡선을 가지진 못할 거야. 아, 내손이 이렇게 떨린 적이 있었나?"

뒤에 서 있는 템플러들은 서로를 볼 뿐, 뭐라고 대답하지 못했다.

남자의 손이 마지막으로 닿은 곳은 리벨의 이마였다.

"이 둥근 이마…… 턱과 함께 두개골의 형태를 좌우하는 중요한 요소지."

리벨에게서 조심스레 손을 뗀 그는 뒷짐을 지고 낮게 중얼거렸다.

"앞서 꺼낸 말들은 모두 취소하도록 하지. 그래, 아름다워. 그뿐이야."

그가 눈을 부릅떴다.

"판결을 내리지. 이 여자는 마녀임이 분명해."

칸막이 건너편에서 그 모든 이야기를 들은 올리비아는 비웃듯 쓴웃음을 지었다.

"가위를 주게."

남자의 요청에 따라 템플러가 탁자 위에 놓여 있던 가위를 건네주었다. 남자는 가위로 리벨을 묶은 끈을 모두 자른 뒤, 마지막으로 그의 옷을 가위로 뚫었다. 옷을 서서히 오려 내려가는 그의 눈에 옷의 틈새로 보이는 흰 피부가 들어왔다.

"으음!"

그가 갑자기 우악스럽게 리벨의 옷을 붙들더니 옆으로 찢어냈다.

막사 안이 조용해졌다.

너무 놀라 벌린 입을 다물지 못하던 템플러들이 잠시 후 정신을 차리고 남자를 불렀다.

"아, 알렉산드로 사제님……! 이 계집…… 아니, 놈은……!"

남자, 알렉산드로가 리벨의 목을 덮은 옷의 일부를 마저 뜯어냈다. 아주 잘 보이진 않았지만 분명 목젖이 튀어나와 있었다.

표정 변화 없이 한참 동안 리벨을 바라본 알렉산드로는 다시 근엄한 목소리로 말했다.

"마녀가 맞다."

"예? 하지만, 분명 남자……."

"부정한 힘을 이용하여 우리의 눈을 속이고 있을 뿐이다."

알렉산드로는 두 손을 모으고 기도했다.

"형제들이여, 모두 집중하고 믿음을 가져라. 몸과 마음을 파고드는 사악한 기운에 속지 마라. 신성한 빛에서 눈을 떼지 않는 한 그 어떤 고난과 역경도 이겨낼 수 있다."

"아, 알겠습니다!"

알렉산드로는 다시 장갑을 꼈다.

"교화를 시행한다. 더불어 이 마녀를 우리에게 인도한 형제를 데려오도록. 그에겐 정화 작업이 필요할 것 같으니까."

자신에게 무슨 일이 일어났는지 인지하지 못할 정도로 혼미해진 리벨은 다시 고개를 숙였다.

알렉산드로의 명령대로 막사를 나선 템플러는 동료들에게 수소문하여 키르히의 위치를 알아냈다.

키르히는 보초들 덕분에 그의 소속 부대 막사 안에 있었는데, 템플러는 그가 투구는 물론 갑옷까지 모두 입은 채 간이 침대에 앉아 있는 것을 보고 의아해했다.

'알렉산드로 사제님의 말씀이 사실이었군. 저 친구는 지금 마녀의 부정한 힘 때문에 제정신이 아니야!'

템플러는 일을 심각하게 받아들였으나 그냥 얼굴이 들

통날까 봐 투구를 쓰고 있었던 것뿐인 키르히로선 큰 행운이었다.

템플러가 들어오자 키르히는 침대에서 일어났다.

"무슨 일이오?"

"사제님께서 자네를 찾으신다네. 사제님께서 직접 자네를 정화해 주시겠다고 하셨네."

"정화?"

"그렇다네. 자네 부대가 잡은 마녀 말일세, 아무래도 보통내기가 아닌 것 같아. 부정한 힘을 이용해 남자의 몸을 하고 있지 뭔가? 오, 세상에. 그런 광경은 처음이었네! 남자치고는 미끈한 몸이었지만 말이네."

템플러는 아직도 믿을 수 없다는 듯 고개를 절레절레 흔들었다.

'원래 남자야, 얼간아.'

키르히는 어이가 없어 웃음이 나올 지경이었지만 헛기침으로 그것을 무마했다.

"기억이 혼미해서 그러는데, 사제께서 계시는 막사의 위치를 좀 가르쳐 주시오."

"아, 그런가? 저기 보이는 큰 막사라네."

키르히는 템플러의 손끝이 가리키는 지점으로 눈을 돌렸다.

"통나무 울타리 옆에 있는 막사 말이오?"

"그렇다네."

"혹시 저 막사 안에 그랜드 마더가 있었소? 듀라한들이 매일같이 머리를 배달해서 보여준 그 지저분한 마녀 말이오."

"그 늙은 마녀 말이로군."

그 대답이 나온 순간 키르히는 투구 속에서 회심의 미소를 지었다.

템플러가 길게 한숨을 지었다.

"마녀들의 머리를 보고도 꿈쩍하지 않은 괴물인데 과연 교화 작업을 보고도 가만히 있을 수 있을지 모르겠군."

"기도합시다. 믿음이 있으면 되지 않겠소?"

그 말에 템플러는 초롱초롱한 눈빛으로 고개를 끄덕거렸다.

"자네 말이 맞네. 좋은 결과가 있길 빌지, 형제여."

"고맙소."

템플러가 나간 뒤 막사의 입구를 닫은 키르히는 투구를 벗고 갑옷의 쩜쇠를 풀며 킥킥 웃었다.

"옷까지 벗으셨다, 이거지?"

그는 상상만 해도 즐거웠는지 미소를 지우지 못했다.

갑옷을 모두 벗은 그는 짐 속에 숨겨온 자신의 군복과 도펠 슈트롬들을 꺼내 재빨리 착용했다. 그리고 그 위에 갑옷을 다시 입었는데, 하반신은 몰라도 상반신은 코트 때문에 보통 일이 아니었다. 흉갑에 여유가 있었기에 망정이지 그렇지 않았다면 그는 매우 우스운 꼴로 목표 지점까지 가야만 했을 것이다.

막사 안까지 무사히 들어간 키르히는 인기척이 들리는 왼쪽 칸으로 가기 전에 장비를 점검했다.

리제늄 철갑탄이 장전된 도펠 슈트롬들은 이상이 없었다. 키르히가 정작 신경 쓴 장비는 바로 신호탄이었는데, 마법의 주문이 걸려 있는 그 신호탄은 지금쯤 주둔지 근처에 와 있을 동료들에게 그랜드 마더의 확보 사실을 알리는 중요한 장비였다.

신호탄까지 모두 확인한 그는 걸음을 옮기려다가 말고 막사의 오른쪽 칸을 봤다. 아무것도 느껴지지 않고 조용한 것이 왠지 이상해서였다.

그는 갑옷에서 소리가 나는 것을 최대한 방지하며 오른쪽 칸으로 들어갔다. 헝겊으로 된 문을 옆으로 살짝 열어젖힌 키르히는 나무로 대충 만들어진 의자에 구속당해 있는 노파를 발견했다.

'그랜드 마더인가?'

그랜드 마더, 올리비아를 발견한 키르히는 그녀를 살피던 도중 눈살을 찌푸렸다. 작은 나무 말뚝이 그녀의 주름진 손을 관통하여 팔걸이에 박혀 있었기 때문이다.

'지저분한 놈들 같으니.'

분노를 느낀 키르히는 지금 당장 그녀를 구할까 생각도 해봤지만 그랬다가는 리벨의 목숨이 위태로워지기 때문에 잠시 뒤로 미루기로 했다.

왼쪽 막사로 자리를 옮긴 키르히는 웃옷이 완전히 찢긴 채 의자에 앉아 있는 리벨을 보고 실소를 지었다. 하지만 그 미소는 넋이 나간 리벨의 표정을 보고 금방 사라졌다.

'무슨 짓을 한 거야, 도대체?'

투구를 벗은 그는 리벨의 앞에 무릎을 꿇고 앉아 기도를 올리고 있는 남자, 알렉산드로에게 다가갔다.

"부르셨습니까?"

알렉산드로가 눈을 뜨고 일어났다.

"자네가 이 마녀를 데리고 온 자인가?"

그가 뒤로 돌아서자마자 목격한 것은 자신을 향해 날아오는 템플러의 투구였다.

"윽!"

빛의 장벽이 투구를 튕겨냈다. 키르히의 손에 죽은 템플러가 사용했던 바로 그 기술이었는데, 그가 사용한 장벽이 황색이었던 것과 달리 알렉산드로의 장벽은 파란색을 띠었다.

"제길, 또 그거야?"

그가 쓴 소리를 내자 당황한 알렉산드로는 뒤로 물러나

며 소리쳤다.

"넌 누구냐! 이 마녀의 앞잡이인가?"

"앞잡이까진 아니지만 사탕 팔려고 온 것도 아니지."

"그럼 애인인가?"

"닥쳐."

갑옷의 틈새에서 붉은 아지랑이가 흘러나왔다. 아지랑이의 기세가 올라가는 순간 키르히가 입고 있던 갑옷의 연결 고리가 부서지며 사방으로 흩어졌다.

노스페라투의 힘에 놀란 알렉산드로는 키르히의 붉은 코트를 자세히 살펴보더니 이내 크게 분노하였다.

"바란투로스의 군견이라고? 그 저주받은 땅의 졸개가 그런 힘을 사용하다니, 있을 수 없는 일이다!"

"너한테 허락받아야 하나? 아니잖아!"

키르히의 도펠 슈트롬이 막사의 공기를 가로질렀다.

『섀델 크로이츠 2부』 6권에서 계속…

화산검종

華山劍宗

한성수 新무협 판타지 소설

문피아 최단기간 골든 베스트 1위!!
선호작 1위!! 평균 조회수 3만의
『화산검종』!!!

『무당괴협전』, 『태극검해』, 『만검조종』······
연이은 대작들의 감동을 넘어설 또 하나의 도전!!

작가 한성수가 야심차게 준비한
구대문파 시리즈의 출사표!!

그날 나는 죽었고 모든 것은 변하기 시작했다!

오 년 전의 싸움으로 내공이 전폐되고 목숨보다 소중했던
자하신공과 자하구벽검을 잃었다.
저주처럼 심장에 틀어박힌 구마련주의 마정을 품은 채
화산에 드리운 그늘을 벗기 위해 산을 내려온 운검.

하지만 그것은 끝이 아니라 또 다른 시작이었다!!

潛行武士

잠행무사

김문형 新무협 장편 소설

"흑랑성에 들어간 사람 중에
다시 강호에 나온 이는 없다."

서장 구륜사와의 결전을 승리로 이끌며
중원무림에 홀연히 나타난 문파 흑랑성(黑狼城).
그러나 흉흉한 소문이 사실로 드러나
무림맹으로부터 사파로 지목받고 멸문당한다.

그로부터 일 년 뒤.
강호의 은원을 정리하고 금분세수를 하려는
청위표국의 국주 송현은 마지막으로 무림맹의 의뢰를 받아들인다.
그것은 바로 금지 구역 흑랑성에 잠행하는 일.

송현은 무림에서 외면받는 무사 네 명을 선출하여
소림승 진광과 함께 흑랑성에 들어간다.
흑랑성의 비밀이 하나씩 드러나면서 밝혀지는 진실은
그들을 목숨을 건 사투로 끌어들여 가는데……

**액션스릴러로 만나는 무협
잠행무사!**

유행이 아닌 자유추구 -
WWW.chungeoram.com
Book Publishing CHUNGEORAM